+PLUSSAKOKOINEN JUMALATAR - A NOVELETTA

Cathy McGough

Stratford Living Publishing

MITÄ LUKIJAT SANOVAT...

U SA:STA.

"Tämä oli hauskaa luettavaa nuoresta naisesta, joka on ollut ylipainoinen suurimman osan elämästään, mutta otettuaan käyttöön elämäntapamuutoksia ja itsekuria hän alkaa nähdä sisäisen kauneutensa sekä ulkoisen olemuksensa. Paljon huumoria elävöittää tätä nopeaa luettavaa, samoin kuin joitakin pohdintoja yhteiskunnan mielipiteestä naisista. Täytyy sanoa, että pidin hänen parhaasta ystävästään jopa enemmän kuin päähenkilöstä!"

"Christina on hahmo, johon voin samaistua. Luin sen yhdellä istumalla kahvikupin ääressä ja voin helposti suositella, että otat tauon ja teet saman."

”Nautin tästä tarinasta, ja m ode oli varsin kevyt ja pirteä.”

”Tämä on yksi niistä tarinoista, jotka resonoivat niin monien ihmisten kanssa, itseni mukaan lukien. Tässä tarinassa on paljon huumoria. Christina ei ota itseään liian vakavasti. Kun hänen itseluottamuksensa kasvaa, hän kukoistaa.”

”Koska olen pullea, nautin todella Christinan hauskoista purkauksista elämästä. Häneen on helppo samaistua.”

”Nautin tästä nopeasta luettavasta kirjasta. Se osuu kaikkiin oikeisiin nappeihin kamppailussa, jota kohtaamme laihdutuksen tiellä.

ISOSTA-BRITANNIASTA.

”Tämä on ihastuttavaa luettavaa naisesta, joka on muuttanut vartalonsa muotoa, mutta jonka mieli kamppailee sen tosiasian kanssa, että hän ei ole enää sama kuin ennen. Hahmot ovat upeita, juoni etenee nopeasti ja päähenkilöä kohtaan tuntee todella myötätuntoa.”

SISÄLTÖL

"Taikuus on uskoa itseensä,

jos siihen pystyy,

voit saada mitä tahansa tapahtumaan."

Wolfgang Von Goethe

BFFS:ille kaikkialla kaikesta mitä teette!

LUKU 1

Melkein ostin tänään uuden mekon. Sen oli tarkoitus olla sen kunniaksi, että olen saavuttanut painonpudotustavoitteeni seuraavan tason. Kouluttajani oli ollut oikeassa: liikuntaohjelman lisääminen yhteen tuntiin kuutena päivänä viikossa oli tuottanut tulosta.

Kuten tavallista, kun olin ostoskeskuksessa, minua kohti leijaili makea cinnabonnien tuoksu. Hengitin syvään kalorittomia henkeä ja kuvittelin samalla upottavani hampaani siihen. Vain yksi suupala riittäisi. Mutta ei, olin tehnyt aivan liian kovasti töitä laihduttaakseni - sen sisäänhengittämisen täytyisi riittää tänään.

Jos olet joskus ollut tiukalla dieettikuurilla - raatanut pyllysi irti saadaksesi itsesi kuntoon ja terveeksi - tiedät tarkalleen, mistä puhun.

Goddess Creator Fashion oli se, mihin olin menossa. Se oli lempivaatekauppani, mukavuusalueeni. Turvapaikka vähän yli viiden vuoden ajan. Silloin se oli ainoa liike, joka tarjosi muodikkaita vaatteita isokokoisille nuorille naisille.

Rehellisesti sanottuna, kun olin suurimmillani - kokoa 20 - vihasin vaateostoksia enemmän kuin mitään muuta. No, toiseksi eniten vihasin kuntosalilla käyntiä tai kuntoilua. Mutta tämä kauppa teki vaatteiden ostamisesta taas intohimoa. Ennen sitä olin hölmö. Tiesin sen ja kaikki ympärilläni tiesivät sen - mutta kukaan ei oikeastaan sanonut sitä minulle. Sanoin sen kuitenkin itselleni joka päivä peiliin katsoessani. Olin ankara itselleni.

Sitten Goddess Creator Fashion astui elämääni. Löysin oikeat siniset farkut. T-paitoja, jotka peittivät takamukseni. Nilkkurit. Ei ole lainkaan aliarvioimista sanoa, että löysin muodin uudelleen. En tiennyt, mitä olin menettänyt, ennen kuin löysin Goddessin. Paikka antoi minulle itseluottamukseni takaisin.

Ihailin muutamaa asua ja asusteita, jotka olivat esillä ikkunassa olevissa pluskoon mannekiinimalleissa. Siellä oli söpö musta mekko, jonka vastakohtana oli kirkkaanpunainen huivi. Minulla ei olisi paljon tilaisuuksia käyttää sitä, koska työskentelin puhelinkeskuksessa ja ainoat ihmiset, jotka näkivät minut, olivat työtoverini. Silti joulujuhla oli tulossa vain muutaman kuukauden kuluttua. Voisin ehdottomasti käyttää sitä silloin. Ehkä tyrmäisin jonkun, jos en, niin ainakin tekisin vaikutuksen itseeni.

Menin sisälle ja otin kaksi kokoa, koska en ollut varma, mikä koko sopisi minulle tänään. En ollut hankkinut itselleni vaatteita kuukausiin. Psykologisesti oli aina parempi saavuttaa jokin tavoite ennen uusien vaatteiden sovittamista. Mutta menen muualle.

Päästyäni pukuhuoneeseen puin mekon päälleni ja tunsin, kuinka silkkinen sisäkangas hipaisi paljasta ihoani. Se tuntui hyvältä, sileältä ja kalliilta. Tarkistin itseni kolmipeilistä, käännyin sinne ja tänne, jotta sain katettua kaikki kulmat - silti jokin siinä ei tuntunut oikealta. Se ei johtunut väristä, sillä musta näytti tyylikkäältä vaalean ihoni ja pitkien tummien hiusteni kanssa.

Astuin ulos. Nappasin kauniin huivin, jonka reunoilla oli kirjailtua kultalankaa, ja kiedoin sen kaulani ja hartioideni ympärille. Se auttoi jonkin verran, mutta ei silti ollut oikein. Löysin punaisen huivin, jonka olin nähnyt ikkunassa olevan nuken päällä, ja kokeilin sitä. Silti, vaikka mekko oli upea ja huivi upea, en tuntenut oloani upeaksi. Mitä ihmettä...?

Jokin siinä oli pielessä. Sidoin hiukseni ylös, koska ajattelin, että se voisi auttaa, jotta kaula-aukko näkyisi paremmin, mutta sekään ei toiminut. Ehkä se oli liian tyylikäs minulle?

Menin kauppaan ja valitsin koruja viimeisenä yrityksenä korjata kaikki vikani. Se ei edelleenkään auttanut, vaikka rakastin mekkoa.

Tutkin itseäni kokopitkässä peilissä päästä varpaisiin, ja tajusin, mikä ongelma oli. Vaikka mekko oli pienempää kokoa, se ei enää sopinut minulle. Sen tyyli, kangas ja virtaavuus oli tarkoitettu isommille naisille. Mieleeni juolahti pelottava ajatus - tässä mekossa näytin edelleen lihavalta. Tunsin itseni edelleen lihavaksi.

Siinä ei ollut mitään järkeä. Olin kirjaimellisesti raatanut ja pienentänyt muutaman koon, mutta olin kaukana laihasta. Kaikki vaatekaapissani oli Goddess Creator Fashion -vaatteita. Miksi tämä? Miksi juuri nyt? Minun oli löydettävä uusi liike.

Tarvitsin toisen mielipiteen, joten menin ulos myymälän pääalueelle ja katselin ympärilleni. Siellä oli kiireistä, ja oli vaikea saada jonkun silmään, mutta lopulta yksi myyjistä tuli luokseni. Hän alkoi heti hehkuttaa, kuinka upealta näytin. Hän sanoi, että mekko oli täysin minun. Ongelmana oli, etten minäkään uskonut häntä. Edes silloin, kun hän pyysi minua pyörähtämään ja kangas heilui. Edes silloin, kun täysin tuntemattomat muut ostajat tulivat luokseni ja alkoivat kehua minua mekossa. Kiitin heitä ja menin takaisin sisälle vaihtamaan vaatteet. Minusta se näytti edelleen kamalalta, mutta mieleni sopukoissa pohdin - entä jos he näkivät minussa jotain, mitä en itse nähnyt?

Siistin hiuksiani ja laitoin huulirasvaa, miettien edelleen mekkoa. Ennen kuin laihdutin, kohteliaisuuden saaminen oli yhtä harvinaista kuin mustan ruusun saaminen. Laitoin sukat ja kengät jalkaani... Nicholas Cagen tyttöystävä halusi mustan ruusun ennen naimisiinmenoa, joten hän hankki sellaisen. Tiesitkö, että niitä kasvaa vain Turkissa? Kyllä. Mustat ruusut ovat harvinaisia kuin kohteliaisuudet ylipainoiselle. Mustan ruusun lennättäminen toiselle puolelle maailmaa - se on romanttista!

Keräsin tavarani yhteen ja kuljin sitten kaupassa. Kannoin mekon ja laitoin sen takaisin sinne, mistä sen löysin. Kun olin valmis lähtemään, joku tarttui käsivarteeni. Se oli myyjä.

Hän veti mekon jälleen esille ja sanoi: "Se on ehdottomasti sinun!" ja lähti sitten kohti kassaa.

Tunsin, kuinka ihoni syttyi kuin joulukuusi. Hän jatkoi vuodatusta, ja annoin hänen jatkaa, kun mietin, miten saisin itseni ulos tilanteesta. Harkitsin hännän kääntämistä ja pakenemista.

"Ja se on kaupan viimeinen", hän sanoi skannatessaan mekkoa.

"En halua sitä", purskahdin ulos.

"Aloin jo soittaa sitä sisään", hän sanoi murjottaen ja jatkoi mekon taittelemista Goddess Creator Fashionin kierrätettävään pussiin sopivaksi.

"Anteeksi, mutta muutin mieleni", sanoin. Päässäni se oli äänekästä, mutta ei todellisuudessa. Kun hän siirtyi lähemmäs, sanoin melkein huutaen: "Minä - en - halua - sitä".

"Mutta se on viimeinen! Ja olen jo skannannut sen!" hän sanoi niin kovaa, että vannon kaikkien kaupan henkareiden tärisseen. Hän alkoi taittaa mekkoa. Hän laittoi sen pussiin. Hän ojensi pussin minulle.

Nojauduin lähemmäs, kun muut asiakkaat alkoivat siirtyä ympärilleni odottaen riitaa.

Käteni tarttui pussiin, ennen kuin pääni ehti pysäyttää sen. Mietin, kuvaisiko joku meitä, jotta he voisivat laittaa tämän YouTubeen. Kaikki kuvasivat nykyään kaikkea. Muut ostajat kerääntyivät ympärillemme kuin olisimme tivolin oheisnäytös.

"Peruuta se", sanoin. "Ole kiltti."

Hän veti hetken aikaa jyrkästi henkeä, kuin ilmapallo, joka on valmis puhkeamaan. Hän tuuttasi kuin olisin tehnyt rikoksen.

Laitoin mekon tiskille ja astuin askeleen taaksepäin, astuin jonkun varpaille, ja hän kiljui. Närkästyneenä käännyin ympäri täydessä aikeessani juosta. Uloskäynnillä pysähdyin jälleen, kun nainen tarttui käteeni.

LUKU 2

Hän piti minua tiukasti otteessaan, punaiset kynnet painautuivat ihooni. Silmät vastakkain, vedin käteni pois hänen luotaan. Seisoimme kasvotusten. Varpaat vastakkain. Arvioimme toisiamme.

Hän oli pitkä ja isokokoinen - ei mikään suuri yllätys, koska kyseessä on isokokoinen kauppa. Hänellä oli musta liikemiespuku, jossa oli räätälin leikkaama bleiseri. Blazer istui kauniisti ja yhdistettynä tiukkaan nastaraitaiseen hameeseen korosti hänen vartaloaan. Hän kruunasi ulkonäkönsä värikkäällä punaisella huivilla kaulassaan. Hänen pitkät mustat hiuksensa, joissa oli hapsut otsalla, kehystivät hänen kasvojaan hyvin. Hän oli erittäin tyylikäs, jopa hienostuneen näköinen.

Nauroimme, kun hän päästi käteni irti.

”Olen pahoillani”, hän sanoi. ”En voinut olla kuulematta keskustelua, jonka kävit hetki sitten myyntiedustajan kanssa.”

”Mitä siitä?” Kysyin melko puolustautuvasti - arvelin, että hän saattaisi olla muotipoliisista.

Kun hän ei vastannut, ärsyynnyin ja otin askeleen lähemmäs ovea. Hän seurasi minua tarkasti kuin varjo. Mitä hittoa? Voisivatko he pakottaa minut ostamaan mekon, jota en halunnut tai josta en pitänyt vain siksi, että sovitin sitä? Ei tietenkään. Tämä oli Amerikka, eikä kukaan voinut pakottaa minua tekemään mitään. Eikö niin?

”Se on vain niin, että...” Hän pysähtyi ja katsoi ympärilleen. Aivan kuin hän olisi ollut huolissaan siitä, että joku voisi salakuunnella.

Hengitin syvään: ”Niin?”

”Olen Goddess Creator Fashionin omistaja ja haluaisin tarjota sinulle kahvin”, hän sanoi. Tämä oli järkytys, enkä sanonut mitään. ”Saanko tarjota teille kupin kahvia?”

Kaikki vaikutti minusta hieman epäilyttävältä, joten en edelleenkään sanonut mitään.

”Haluaisin jutella vähän”, hän sanoi, ”usko pois, se on sen arvoista.”

”Vaatteiden sovittaminen on janoista puuhaa”, sanoin hymyillen. Se osui hänen hassuun luuhunsa, ja hän päästi tarttuvan, ulvomisen rajamailla liikkuvan naurun. Nauroin hänen naurulleen ja lähdimme kaupasta.

Alkuperäinen vaikutelmani oli, että hän oli luultavasti kokoa 12 tai 14, mutta nyt, kun huomasin, miten hänen takkinsa tärisi hänen nauraessaan, ajattelin, että puvulla oli ehkä se laihduttava vaikutus, josta olin kuullut YouTubessa. Tämä tyttö, malli, teki videon siitä, miten voit hoikentaa itseäsi valitsemalla oikeat kankaat ja leikkaukset. Tämä nainen osasi korostaa vartaloaan.

Koska meillä ei ollut muuta tekemistä ja uteliaisuuttamme lähdimme liikkeestä. Kun olimme ulkona, hän ei voinut pakottaa minua ostamaan mitään.

Kävelimme ulos ostoskeskukseen ja menimme liukuportaita alas pieneen kahvilaan pohjakerroksessa lähellä sisäänkäyntiä. Vaikka paikka oli täynnä, henkilökunta löysi meille heti pöydän.

Isäntä vei meidät kierrokselle. Ohitimme leivonnaiset, piirakat ja pavlovat. Kokit leipoivat ahkerasti takahuoneessa, ja herkullisuus leijaili meitä kohti. Kun saavuimme pöytäämme, kaaduin istuimelleni ja tunsin, että olin juuri kuluttanut satoja kaloreita.

Tarjoilijamme oli paikalla sekunneissa, ja nainen tilasi suklaacroissantin hellästi lämmitettynä ja Café Latten. Minä tilasin Skinny Cappuccinon, ja odotimme hetken ennen kuin juomamme saapuivat.

"Sinä olet mellakka", nainen sanoi siemaillessaan juomaansa ja teki sitten ilmeen.

En keksinyt sopivaa vastausta, joten katselin, kun hän kaatoi juomaansa yhden, kaksi, kolme, neljä, viisi pakettia makeutusainetta. Sokeria oli vuorten laella, kun hän taitteli jokaisen paperipaketin pieniksi neliöiksi. Kun sokerivuori oli vajonnut, hän sekoitti kahvinsa ja otti pitkän ryypyn. Hänen croissantinsa saapui pian sen jälkeen, ja hän alkoi syödä sitä veitsellä ja haarukalla. Se oli lämmitetty, ja suklaakeskusta valui ympäri lautasta. Hän söi sen nopeasti pois ja pyyhki sitten sormellaan suklaata, jota hän ei saanut haarukalla pois.

Otin kulauksen kahvistani, kun hän tilasi toisen Café Latten, tällä kertaa Skinnyn. "Pitää tietää, milloin lopettaa", hän sanoi hymyillen.

Nyökkäsin, tuntien itseni levottomaksi. Puhelimeni piippasi merkiksi, ja kurkistin laukkuuni ja vedin sen esiin. Vain viesti Facebookista, jossa sanottiin, että joku oli LIVE - Jamie Oliver. En voinut katsoa häntä tällä kertaa. Sammutin äänenvoimakkuuden ja aloin työntää sitä takaisin laukkuuni.

"Oletko koskaan tehnyt mallintöitä?" hän pamautti.

Pudotin Samsungini lattialle, ja sen sisuskalut valuivat ulos. Katsoin häntä suoraan silmiin nähdäkseni, oliko hän tosissaan - hän näytti olevan tosissaan - sitten kurkotin alas, työnsin akun takaisin paikalleen ja käynnistin puhelimeni uudelleen. Vastasin hänen kysymykseensä omalla kysymyselläni: "Pilailetko?".

Hän otti toisen kulauksen latteaan. "Ei, en vitsaile."

"Mutta sinun täytyy olla. Vai oletko hullu?" Muistilista itselleni: näin ei saa ystäviä tai vaikuta ihmisiin.

"Miksi", hän kysyi, minkä jälkeen hän sanoi: 'Sinä olet upea'.

Mielessäni vilahti kaikki ne kerrat, jolloin pikkutyttönä teeskentelin olevani malli. Tein sitä vain suljettujen ovien takana, jotta kukaan ei tiennyt. Olin pullea siitä lähtien, kun putosin äitini kohdusta. Hän joutui tikkaamaan, kuulin sen tarinan uudestaan ja uudestaan. Varastin äitini korkokenkiä, mekkoja ja asusteita. Suihkuttelin jopa vähän hänen hajuvettään ja meikkasin hänet. Sitten loin sängylleni teeskentelevän catwalkin. Kävelin pitkin sänkyäni, ja korkokenkäni heiluivat edestakaisin (aivan kuten oikeat mallit, joita näin televisiossa), koska patjani oli pomppiva. Minulla oli jopa muovinen tiara, jossa luki prinsessa ja joka annettiin minulle syntymäpäivälahjaksi. Silloin olin täysin malli ja prinsessa samassa.

Hänen lusikkansa ääni, joka osui mukin reunoihin, kun hän sekoitti, toi minut takaisin todellisuuteen. "En ole", sanoin toivottavasti vakuuttavasti.

Nainen heitti päänsä taaksepäin ja nauroi taas hyvin äänekkäästi, kun tarjoilija lähestyi meitä. "Haluaisitteko jotain muuta?"

Kieltäydyimme, ja hän toi vettä.

Tajusin, että tämä nainen, joka ei ollut vielä edes kunnolla esittäytynyt - enkä minäkään ollut kertonut hänelle nimeäni - yritti kosiskella minua, jotta menisin takaisin ja ostaisin mekon. Sen oli pakko koskea mekkoa. "En silti osta tuota mekkoa", sanoin melko äkkiä, 'vaikka kuinka imartelisitte minua.' 'En osta sitä mekkoa', sanoin melko äkkiä.

Hän heitti päänsä taaksepäin, ja luulin, että hän räjähtäisi taas nauramaan, mutta tällä kertaa hän ei tehnyt niin. Sen sijaan hän nojautui lähemmäs minua, muutti naamionsa syvästi vakavaksi ja sanoi: "Minusta sinä hoidit asiasi hyvin tyylikkäästi. Et menettänyt malttia, ja olen samaa mieltä kanssasi - mekko ei ollut sinun." Se herätti huomioni. Kumarruin lähemmäs.

”Me Goddess Creator Fashionilla emme halua, että asiakkaamme elävät menneisyydessä. Haluamme, että kaltaisesi naiset ostavat vaatteita, jotka sopivat heidän nykyisiin tarpeisiinsa.” Hän otti kulauksen vettä, nielaisi, nyrpisti ja jatkoi: ”Huomaan, että olet laihtunut viime aikoina. Ehkä melkoisen paljon?”

Säteilin hymyn, joka kertoi hänelle kaiken, mitä hänen tarvitsi tietää, ilman että minun olisi tarvinnut lausua sanaakaan.

”Nyt olet siis nainen siirtymävaiheessa. Haluat laihtua lisää, ja laihduttaessasi haluat pukeutua kauniisti, tuntea itsesi kauniiksi, ja tuo mekko sai sinut tuntemaan itsesi sellaiseksi kuin olit ennen, eikö niin?”

Yllättäen kurkotin pöydän yli ja kättelin häntä. Hän tunsi minut, vaikka olimme vasta tavanneet. Tunsin itseni nyt ujoksi, aivan kuin hän olisi lukenut ajatuksiani, mutta myös mukavaksi, että hän tunsi minut. Olin aika tyytyväinen itseeni ja ehkä jopa hieman liian itsevarma.

”Saanko kysyä, miksi kokeilit sitä ylipäätään? Miksi veit sen tiskille tai harkitsit sen ostamista?”

Vastasin heti, suoraan sydämestäni: ”Yritin saada itseni näyttämään paremmalta ulkoisesti, jotta tuntisin oloni paremmaksi sisäisesti - mutta sillä oli päinvastainen vaikutus.” Laitoin käteni kasvojeni päälle peittääkseni punoituksen.

”Avaa”, hän sanoi, ”olet kaunis tyttö, olitpa sitten kokoa 20 tai 10. Harkitsisitko nyt kokeilevasi mallipaikkaa Goddess Creator Fashionin uudessa mallistossa? Ajatteletko sitä?” Hän ojensi minulle käyntikorttinsa ja maksoi laskun.

Kättelimme. "Soita minulle", hän sanoi, "mutta älä viivy liian kauan."

"Soitan sinulle", sanoin tietäen hyvin, etten soittaisi.

"Odotan kuulevani sinusta viikon kuluttua. Pallo on sinulla - koska en tiedä edes nimeäsi, eikä minulla ole mitään keinoa ottaa sinuun yhteyttä. Se on sataprosenttisesti sinusta kiinni", hän sanoi melkein kuin tietäisi.

Kun hän käveli pois, "kiitos ajastanne", sanoin kuulostellen kuin hän olisi ollut kaupan myyjä. Duh. Se kuulosti tyhmältä heti, kun sanoin sen.

Hänen ilmeensä muuttui, aivan kuin olisin lyönyt häntä, mutta vain hetkeksi. Sitten hän hymyili leveästi ja kysyi: "Mikä sinun nimesi on, kulta?"

"Christina Langdon", vastasin.

"No, Christina Langdon, oli hauska tavata ja toivottavasti pidätte yhteyttä. Tapasimme tänään sattumalta. Jotkut voisivat kutsua sitä kohtaloksi. On sinusta kiinni, haluatko hyödyntää tilanteen. Toivottavasti et jätä tätä tilaisuutta käyttämättä. Se olisi Goddess Creator Fashionin menetys. Näkemiin", hän hymyili, kääntyi sitten ja käveli pois.

Hänen lähdettyään istuin tuijottamassa tyhjyyteen pitkän aikaa. Kun kahvila suljettiin, olin yhä siellä teeskentelemässä juovani samaa vesikuppia, kun tajusin, että minun pitäisi kertoa Brandonille uutiseni. Lähetin tekstiviestin - Goddess Creator Fashion haluaa, että MINÄ kokeilisin mallin uraa!

Johon koko elämäni paras ystäväni vastasi: "KUKA TÄMÄ ON?"

Kun luin sen, puhelimeni surisi, ja se oli Brandon. ”OMG!” Brandon sanoi: ”Minun ikioma paras ystäväni ryhtyy Goddess Creator Fashion -muotimalliksi!”.

Hän kuulosti vielä innostuneemmalta kuin minä olin, ja juuri siksi Brandon Daley oli ehdottomasti paras ystäväni. Olimme olleet ystäviä jo ennen kuin olimme edes syntyneet - äitimme olivat BFF:t - ja he hengailivat yhdessä lakkaamatta, kun he kantoivat meitä kohdussaan. Emme olleet verisukulaisia, mutta meitä yhdisti ystävyys ja rakkaus, ja se oli katkeamaton side.

”Maa kutsuu Christinaa”, Brandon sanoi. ”Juu-huu! BFF!”

Olin vaipunut mielikuvitukseeni, enkä huomannut, että hän odotti minun kertovan hänelle kaikki yksityiskohdat. Kaikki oli tapahtunut niin nopeasti. Kuulosti melkein liian absurdilta sanoa se, puhua siitä ääneen.

”Kun olet lopettanut työt, kerron sinulle kaiken.”

”Totta kai, pidä minut jännityksessä!” hän sanoi, jota seurasi naurahtaen: ‘Narttu!’, ja sitten hän katkaisi yhteyden.

Ah, tuon viisikirjaimisen sanan hellyydenosoitus.

Hymyilin ja päätin lähteä salille. Liikunnasta, yllättäen jopa itselleni, oli tullut minulle kuin uskonto. Kun kävin salilla, pystyin ratkaisemaan ongelmia ja ajattelemaan asioita rauhallisesti ja järkevästi. Mikään ei tyhjentänyt mieltä enemmän kuin kunnon treeni.

LUKU 3

Matkalla sinne vastustin kiusausta jättämällä huomiotta yhdeksän pikaruokapaikkaa matkan varrella. Kuntosalille pääseminen oli vähän kuin joutuisin kävelemään hansikkaan. Nyt minulla oli entistäkin enemmän syytä jatkaa laihduttamista.

Oliko noilla pikaruokapaikoilla strategia, jolla ne saivat ihmiset kiinni matkalla salille tai salilta? Lähettivätkö kiinteistönvälittäjät kuntosaliin liittyviä demografisia tietoja? Tarkoitan, että yhdeksän peräkkäistä paikkaa kahden korttelin päässä kuntosalilta vaikutti mestarilliselta markkinointisuunnitelmalta, jolla houkutellaan helposti houkuteltavia. Siinä oli järkeä, salaliittoteoreettisesti ajateltuna, ja jos se oli totta, se oli pahaa sabotaasia.

Siksi minulla oli aina proteiinipatukka hansikaslokerossa ja hedelmäpala käsilaukussa. Nuo pikaruokamyyjäpaskiaiset eivät todellakaan sabotoineet tätä narttua.

Siitä lähtien, kun aloin treenata säännöllisesti, pidin autossani aina jumppakassia ja vesipulloa. Pelkkä tieto siitä, että minulla on kaikki valmiina hetkessä, mahdollisti sen, että pudotin ensimmäiset kaksikymmentäviisi kiloa. Minulla oli vielä toiset kaksikymmentäviisi jäljellä, mutta mielihalujen edellä pysyminen helpotti jokapäiväistä elämääni. Olin kuin taisteluun varustautunut soturi - järjestäytynyt, keskittynyt ja voittava.

Ensimmäisellä kerralla kuntosalilla käydessäni minua onnisti. Sain parikseni kuntovalmentajan, joka arvioi kuntotasoni ja laati suunnitelman ilmaisen esittelytilaisuuden aikana. Hänen nimensä on Alex, ja hän on minua pari vuotta vanhempi ja superseksikäs. Alex rohkaisi minua ja työnsi minua lempeän houkuttelevalla tavalla. Luovuttaminen ei ollut vaihtoehto. Alex oli se, joka ehdotti, että minulla olisi aina valmiina kuntosalilaukku. Liityin mukaan samana päivänä, enkä ole koskaan katsonut taakseni.

Nyt täysivaltaisena klubin jäsenenä, jolla oli hyväuskoinen kuvallinen henkilöllisyystodistus, minulla oli tiettyjä etuoikeuksia.

Yritin olla näyttämättä omahyväiseltä, kun kävelin pitkän jonon uusien jäsenten (potentiaalisten tai pian klubin jäseniksi tulevien) ohi.

Pyyhkäisin korttini, otin askeleen eteenpäin ja polveni osui porttiin, joka ei ollut liikkunut. Vilkaisin olkani yli, kun kuulin erään tulokkaan hengittävän henkeä.

Skannasin passini uudelleen, rukoilin liikuttamatta huuliani. Jälleen kerran ei mitään. Tällä kertaa kuulin jonosta matalan naurahduksen. Se ei vieläkään tunnistanut minua. Kun olin yrittänyt vielä pari kertaa, minulla ei ollut muuta vaihtoehtoa kuin kohdata jono ja mennä jonon perälle, koska vuorossa oli vain yksi mies.

Lopulta tietokone kuitenkin tunnisti korttini ja päästi minut läpi. Ryhdistäydyin ja olin ulkona lattialla valmiina hikoilemaan pois arjen stressiä (ja muutamaa kiloa) ennätysajassa.

Kun pääsin kuntosalille, ensimmäinen pysäkki oli aina juoksumatto. Jäin sinne pisimmäksi aikaa, joten oli hyvä saada se pois tieltä, ja se tuntui myös energisoivan minua.

Jos ei ole säännöllinen kuntosalilla kävijä tai ei käy salilla kovin usein, on vaikea tottua hajuihin. Tänään, enemmän kuin koskaan, kun kävelin ulos lattialle, se iski minuun kuin tervehdys. Tiedätte, mitä tarkoitan, jos olette joskus itse käyneet kuntosalilla - en selitä enempää. Niille teistä, jotka eivät käy kuntosalilla, se on pistävä hien haju, johon on sekoittunut kehon hajuja, deodorantteja, kölninhajuja ja hajuvesiä. Jotkut liioittelevat jälkimmäisten kanssa siinä toivossa, että ne peittävät edellisen.

Vaikka siellä oli punkkua, siellä oli mukavaa olla, vain vähän posereita (ihmisiä, joiden ei tarvitsisi olla siellä, jotka vain roikkuivat siellä ja näyttivät omahyväisiltä ja ärsyttivät meitä muita helvetin paljon). Ilmastointi puhalsi kuin Kanadan talvella, ja se sai minut hikoilemaan vilunväristyksistä. Minun oli pakko alkaa treenata, ja mitä pikemmin, sen parempi, jotta nenäni sokeutuisi hajuille ja saisin itseni lämpimäksi. Aloin katua liian nopeaa autossa olevan proteiinipatukan nauttimista, sillä se ei ollut auttanut juurikaan matalaan verensokeriini.

Nyt suosikkijuoksumattoni luona (en koskaan käyttänyt muita, tämä oli minun juoksumattoni, ja jos se ei ollut vapaana, vaihdoin liikuntarutiini.). Laitoin juomapulloni aukkoon, ripustin pyyhkeeni sen sivulle ja laskin paperiromaanin alas. Se oli vampyyriromaani, paljon kuumia kohtia. Täydellinen häiriötekijä, joten en katsonut aikaa tai kulutettuja kaloreita tai mitään sellaista ennen kuin olin lopettanut.

Kauhean kokemuksen jälkeen, kun olin lukenut Hemingwayta juoksumatolla, yritin pitää lukumateriaalini kevyenä. Sinä päivänä, kun aloitin kuntoilun, olin laittanut For Whom The Bell Tolls -kirjan juoksumaton kojelaudalle. Aloitin kävelyn tasaista tahtia tasolla kaksi kymmenestä.

Hemingwayn kirjoittaminen on aina saanut minut unohtamaan kaiken muun maailmassa paitsi hänen kirjansa, eikä tälläkään kertaa ollut toisin. Unohdin täysin, että kävelin liikkuvalla alustalla, eikä tulos ollut hyvä. Kirjani nimittäin lepäsi laitteen kojelaudalla - tiedättehän sen paikan, jossa on kaikki hallintanapit? Kun siis tietämättäni kääntelin sivuja, kosketin alla olevaa painiketta, joka lisäsi juoksumaton nopeutta ja vaihtoi tasoja.

Se nousi hitaasti, vähitellen. Pärjäsin hyvin, pysyin vauhdissa mukana, kunnes se saavutti 8,5. En ole oikeastaan varma, mitä tapahtui. Tiedän vain, että päästin veret seisauttavan huudon ja kaikki kääntyivät katsomaan minua.

En koskaan unohda heidän kasvoillaan näkynyttä pelkkää paniikkia. Olin melkoinen näky Hemingwayni puristettuna yhteen käteen, kun toinen käteni epätoivoisesti tökkäsi nappia hidastaakseni sen hiton vehkeen vauhtia. Vaikka tein mitä, se jatkoi kiihtymistään.

Paniikissa ja tyhmästi - tiedän, todella huono yhdistelmä - painoin punaista nappia, kyllä, se oli hätäpysäytyspainike. Kuka ikinä sitä sellaiseksi kutsuukaan, osui täsmälleen oikeaan, sillä minä pysähdyin rajusti. Sen jälkeen kielsin Hemingwayta tulemasta kanssani kuntosalille. Etkö sinä olisi tehnyt samoin? Hemingway, joka itsekin uskoo vakaasti liikuntaan, olisi varmasti antanut minulle kiellon anteeksi.

Kaikki sujui tänään sujuvasti vanhalla kunnon juoksumatolla. Vampyyrit pitivät minut juuri ja juuri tarpeeksi hajamielisenä, ja pyyhittyäni laitteet pyyhkeellä siirryin soutulaitteelle.

Soutukoneella tein kaikki vakavat ajatukseni, koska en osannut lukea, eivätkä äänikirjat olleet minun juttuni. Istahdin kahden tukevan isällisen tyypin väliin.

Kun aloin opetella soutulaitteen käyttöä, pystyin soutamaan korkeintaan viisi minuuttia, mutta nyt pystyin soutamaan kaksikymmentä minuuttia putkeen ja lisäämään vauhtia sitä mukaa kuin menin. Kiinnitin jalkani. Asetin ajastimen. Vedin ohjakset taaksepäin ja aloin soutaa. Kuvittelin soutavani jossakin eksoottisessa paikassa, kuten Venetsian suurella kanavalla.

Siitä puheen ollen, he olivat pian lähdössä; tarkoitan kahta kaveria kummallakin puolellani.

Sain soutaa yksin rauhassa ja miettiä koko tätä mallinnusideaa. Tai niin ajattelin.

Kun pääsin soutamisen vauhtiin ja kuvittelin vettä edessäni, muistin ensimmäisen kerran, kun kokeilin vesiaerobicia. Olin silloin suurimmassa koossani, enkä ottanut uimapukuun pukeutumista kevyesti. Suurin osa minusta olisi kuitenkin veden alla, piilossa, kun pääsisin sinne, joten suostuin hieman vastahakoisesti kokeilemaan.

Altaalle päästyäni käytin kelluvaa moniväristä kylpytakkia yksiosaisen uimapukuni päällä. Istuin reunalle, pudotin sen ja hyppäsin. Vesi oli kaunista ja yllättävän lämmintä, ja vain pääni ja hartiani olivat näkyvissä, ja odotin kärsivällisesti muiden tyttöjen kanssa opettajamme saapumista.

Kun katselin ympärilleni kilpailijoita, olin ainoa alle viisikymmentäviisi vuotta täyttänyt osallistuja. Kyllä, olin vesiaerobic-neitsyt. Ei hätää, ajattelin. Voi pojat, olinpa minä väärässä.

Kun ohjaajamme saapui paikalle, upea mies, jolla oli tuulen pyyhkäisemät vaaleat hiukset, rusketus päästä varpaisiin ja ruumiinrakenne, jollaista en ollut nähnyt luonnossa, muut naiset hihittelivät ja kissanhuutelivat. Tunsin punastumisen nousevan poskilleni heidän suorapuheisuudestaan. Hänen nimensä oli Theo, ja hän otti kaiken rennosti. Hän oli selvästi tottunut olemaan huomion keskipisteenä.

Jatkoin soutamista ja yritin saada ajatukseni takaisin mallintarjoukseen, mutta muistot Theosta eivät antaneet minun tehdä sitä.

Nyt takaisin altaassa muistoissa, meitä pyydettiin hakemaan vesi "nuudeli" - eli sellainen polyeteenivaahtomuovista tehty jööppi, jota lapset käyttävät. Sitten Theo käski meitä ratsastamaan kyseisellä nuudelilla kuin se olisi hevonen. Ennen pitkää minua nauratti niin paljon, etten saanut juuri mitään aikaiseksi. Jotkut naiset katsoivat minua ja pyörittelivät silmiään, mikä sai minut nauramaan vielä enemmän. Itse asiassa niin paljon, että erottauduin niin paljon, että kiinnitin Theon huomion, ja hän vinkkasi silmää suuntaani. Pyörryin ja yritin ryhdistäytyä.

Annoimme nuudelit, nappasimme vesipainot. Oli hämmästyttävää, miten kevyitä ne olivat veden alla. Muut naiset nostivat kaksi kertaa enemmän painoa kuin minä ja tekivät nostot nopeammin ja helpommin. Näyttelijöitä. Kamppailin pysyäkseni mukana, kun aurinko paistoi päällemme, ja toivoin, että Theo soittaisi pian aikaa.

Sen jälkeen se oli kuin lukion urheilujoukkueen valinta, jossa minä olin viimeinen valittu. Juoksimme relekilpailun, ja joukkueemme voitti. Voittajajoukkueen palkintona oli sokeriton jäätelö. Palkinto kakkoselle oli myös sokeriton jäätelö. Voittajina meillä oli etuoikeus makuvalikoimaan.

Seuraavana päivänä olin niin kipeä, etten päässyt edes sängystä ylös. Joka ikinen osa minusta, jopa hiuksiini sattui helvetisti. Silloin päätin vaihtaa rutiinin sisätiloihin ja huomasin rakastavani soutua.

Minun piti keskittyä Goddess Creator Fashioniin. Theo, mitähän hänelle tapahtui? Jumalatar räjäytä se, keskity Christina. Aionko vai en?

Yksi vieressäni soutaneista kavereista lopetti ja lähti. Sillä hetkellä Vanessa Pringle teki suuren sisääntulonsa. Hänellä oli kokoa 0, ja vaikka olimme käyneet samaa lukiota neljä vuotta, vannon, etten nähnyt hänen koskaan ottavan yhtään suupalaa. Ironista, että hänellä oli sama nimi kuin lempiperunalastuillani. Vaikka hän oli ruokalassa, hän ei koskaan tilannut mitään muuta kuin pullovettä. Hän laittoi sen tarjottimelle ja kiusasi sitten painavampia lapsia siitä, mitä heillä oli tarjottimella. Vihasin häntä ja samalla säälin häntä. Olin vakuuttunut, että hän oli anorektikko. Hänellä täytyi olla aika surkea elämä, jos sai muut tuntemaan olonsa niin huonoksi.

Hän tuli suoraan soutulaitteen luokse ja vilkaisi suuntaani nähdessään minun soutavan hyvää vauhtia. Hän teki niin kuin aikoisi soutaa aivan vieressäni. Sydämessäni tiesin, että voisin piestä hänet tällä vehkeellä, jos hän vain antaisi minun tehdä sen. Katsoin hänen suuntaansa, aina ihmisten miellyttäjä. Yritin jopa tervehtiä.

Katseemme kohtasivat hetkeksi, ja sitten hän hylkäsi minut täysin ja lähti iloiseen suuntaan posereita kohti. Hän sopi juuri sinne, peilin eteen muiden joukkoon, jotka tykkäsivät ihailla itseään, kun he joustivat ja pynttäytyivät treenin aikana.

Kun hän oli lähtenyt, halusin miettiä mallintarjousta. Nyt minun oli todella keskityttävä.

Menin mukavasti eteenpäin, kun vieressäni olevat kaverit tulivat ja menivät. Kaksi muuta kaveria istui kummallakin puolellani. Isällisiä tyyppejä. Vasemmalla puolellani hän oli kuusikymppinen (plus miinus pari vuotta) ja oikealla puolellani nelikymppinen (ehkä kolmekymppinen loppupuolella.) Molemmat aloittivat hitaasti, mutta siirtyivät hetkessä tasaiseen tahtiin.

Aloin laskea. Se on aina auttanut minua keskittymään pienestä pitäen. Kun laskin ylöspäin, aloin lisätä vauhtia, ja pian soudin niin nopeasti, että molemmin puolin olevilla miehillä oli vaikeuksia pysyä perässä.

Yritin olla vahingoniloinen, mutta samalla yritin keksiä yhden ainoan lopullisen syyn, miksi minun pitäisi kieltäytyä Goddess Creator Fashionin tarjouksesta ryhtyä malliksi.

Aluksi mieleni meni tyhjäksi. Ei ollut yhtään syytä kieltäytyä tarjouksesta. Minulla oli kuitenkin epäilyksiä kokemukseni puutteesta. Olin varma, että heillä olisi boot camp tai jonkinlainen koulutus. Toimitusjohtaja tiesi, ettei minulla ollut minkäänlaista kokemusta mallintyöstä, ja silti hän oli tehnyt tarjouksen.

Toinen asia, tärkein asia, joka pidätteli minua, oli pelko. Olinko liian pelkuri, liian pelokas laittamaan itseni likoon? Olisinko, voisinko olla inspiraatio, vai olisinko vain Vanessan kaltaisten ämmien kohde?

Kun tutkin näitä riittämättömyyden ja pelon tunteita, se iski minuun. Koska he etsivät Plus Size -mallia uuteen mallistoonsa - miksi se olisi joku muu? Miksen voisi olla minä? Eihän mitään ole kokeiltu, mitään ei ole voitettu? Hassua, miten kliseet olivat aina käteviä, kun yritti vakuuttaa itsensä tekemään tai olemaan tekemättä jotain.

Nämä kaksi kaveria olivat jättäneet koneensa ilman, että edes huomasin sitä, ennen kuin ajastin käynnistyi minun koneessani. Pysähdyin, irrotin itseni ja katselin ympärilleni hengähtäessäni. Otin kulauksen vettä.

Tässä vaiheessa olin noin kahdeksankymmenen prosentin varmuudella sitä mieltä, että kokeilisin mallintyöpaikkaa. Keräsin tavarani yhteen ja menin matolle venyttelemään. Nostin muutaman painon käyttäen jumppapalloa tukena, sitten siirryin paikallaan pysyvän polkupyörän luo.

Vanessa lähestyi pyöräilyaluetta toiselta puolelta ja odotti, että valitsisin pyörän, ja istuutui sitten viereeni.

Kiirehdin ja laitoin kaiken liikkeelle. Aloin laittaa kuulokkeita päähäni, kun Vanessa sanoi jotain. "Anteeksi. En kuullut sinua."

"Voi ei", hän sanoi, "tämä on todella noloa. En todellakaan puhunut sinulle. En haluaisi häiritä sinua menettämästä kaikkea tuota" - hän osoitti ja tökkäsi vyötäröni ympärillä olevaa ympärysmittaa. Keneksi hän minua luuli, Pillsburyn taikinapojaksi?

Työnsin hänen kätensä pois, laitoin kuulokkeet päähäni ja jatkoin polkemista ja lukemista. Hän oli niin töykeä, mutta en aikonut vajota hänen tasolleen. Muutamassa sekunnissa tyttöjen lauma syöksyi alueelle, jossa he päättivät käydä räväkkää keskustelua.

Vaikka kuinka kovensin musiikkia - ja sain varoituksia äänenvoimakkuudesta - heidän hauskanpitonsa peitti musiikin alleen.

"Ja sitten hän sanoi..."

"Ja sitten hän sanoi..."

"Ja sitten..."

Yksimielisesti: "Ohhhhhh!"

Katsoin ympärilleni nähdäkseni, huomasiko kukaan kouluttajista naureskelua. Yleensä he olisivat jo puuttuneet asiaan ja käskeneet lauman lentää pois. Tänään ei käynyt niin.

Toivoin, että jos en välittäisi niistä, ne vain häipyisivät, mutta viidentoista minuutin kuluttua ne olivat yhä yhtä äänekkäitä kuin ennenkin. Sammutin pyörän ja päätin lähteä kotiin.

"Älä lähde vihaisena", Vanessa sanoi, 'lähde vain pois!' "Lähde pois!"

Miten omaperäistä, ajattelin, kun kuljin lattian poikki taistellen vastaan halua osoittaa hänelle lintua. Olin juuri menossa vaihtohuoneeseen, kun näin henkilökohtaisen valmentajani Alexin saapuvan.

"Onko kaikki hyvin, Christina?" hän kysyi koskettaessaan minua kyynärvarteeni.

Vanessan lauma lakkasi puhumasta, katseet liimautuivat Alexiin ja minuun. "Kyllä, olen kunnossa", sanoin sädehtiessäni leveää hymyä, 'mutta voisimmekohan jutella hetken kahden kesken?'. Sanoin "kahden kesken" -osuuden hieman normaalia kovemmalla äänellä - ja tarkistin, että he kuulivat.

"Toki, tule toimistooni ja istu alas."

Menimme sisään ja hän sulki oven. Hän istuutui työpöytänsä ääreen, laittoi kädet päänsä taakse ja nojautui taaksepäin. "Miten voin auttaa?"

Hänen vatsansa, hänen litteät vatsalihaksensa, hänen kiinteät käsivartensa. Rehellisesti sanottuna en osannut vastata hänen kysymykseensä. Kämmeneni olivat hikoilleet.

Varsinkin kun kuvittelin, että hän kiipeää pöydän yli ja istuttaa huulilleni suurimman ja intohimoisimman suudelman. Nielaisin henkeä ja tunsin, kuinka poskeni kävivät äärimmäisen kuumiksi. Niin kuumiksi, että hän huomasi sen ja tarjosi minulle juotavaa.

Vedin syvään henkeä ja kerroin hänelle mallintarjouksesta.

Hän hyppäsi ylös, ja minä suljin silmäni odottaessani suudelmaa. Tunsin itseni niin hölmöksi, kun avasin ne, ja hän seisoi siinä ja katsoi minua. Se oli kiusallista, mutta hän heitti kätensä ympärilleni. Hän tuoksui hyvältä.

Kun irtauduimme syleilystä, hän hymyili. "Kaikista harjoittelijoistani sinä olet tehnyt eniten töitä. Olet käyttänyt aikaa. Jopa silloin, kun halusit luovuttaa, et luovuttanut. Olen ylpeä sinusta. Uskon, että kaikki tähän asti on valmistellut sinua tähän tarjoukseen."

Tunsin itseni täysin umpisurkeaksi, aivan kuin olisin meinannut itkeä. "Kiitos."

Poistuin hänen toimistostaan horjuen kuin hyytelöallas. Alexin lisäksi kaipasin punaista hyytelöä, punaista mansikkahyytelöä, jonka päällä oli iso kasa kermavaahtoa. Luojan kiitos minulla oli laukussani omena, ja kuolasin koko kotimatkan ajatellen Alexin vatsalihaksia.

LUKU 4

Ennen kuin otat itse selvää, voin yhtä hyvin tunnustaa. Olen kaksikymmentäkaksi vuotta vanha ja asun edelleen kotona äitini ja isoveljeni kanssa.

Kun saavuin kotiin, äiti valmisti tavallista juhla-ateriaansa. Menin hänen luokseen halatakseni häntä ja katsomaan kattilaan nähdäkseni, mitä siellä keitetään. Äiti oli ja on erinomainen kokki, ja perheenä olimme yrittäneet tehdä yhteistyötä ja syödä terveellisemmin. Syömme paljon kasviksia, jonkin verran proteiinia ja jälkiruoaksi aina hedelmiä. Aina ei kuitenkaan ollut näin. Ennen olimme mahdollistajia. Meillä oli tapana tehdä paljon stressisyömistä. Sen jälkeen, kun aloimme toimia yhdessä perheenä, olemme pystyneet pitämään toisemme kurissa ja lisäksi meistä on tullut läheisempiä.

"Millainen päiväsi oli?" hän kysyi sekoittaessaan spagettikastiketta.

Suutelin häntä poskelle ja kerroin hänelle treenaamisestani. Hän oli jo arvannut, missä olin ollut, sillä meikkini oli tahmea ja hiukseni olivat vielä hieman enemmän kuin kosteat. "Hankitko itsellesi uuden puvun?" hän kysyi. "Mene hakemaan se ja tee siitä malli minulle."

Äiti oli aina tuollainen. Hänellä oli kuin kuudes aisti kaikista veljeäni tai minua koskevista uutisista. Hymyilin ja yritin olla ilkkumatta, mutta en voinut itselleni mitään.

"Näytät ihan siltä kissalta, joka nielaisi Tweety Birdin. Mitä kuuluu?"

Kun en vastannut heti, hän tuli luokseni ja painoi huulensa otsalleni, kuten hän oli tehnyt miljoona kertaa siitä lähtien, kun olin pieni tyttö, jolla oli kohonnut kuume. Emme tarvinneet lämpömittaria talossamme, koska hänen huulensa kertoivat asian sataprosenttisella tarkkuudella.

"Äiti, suunnitelmissa oli ostaa mekko, mutta se ei onnistunut tänään."

Spagettikastike kupli raivokkaasti taustalla putkessa, koska hän oli laiminlyönyt sen. Se sylki häntä, kun hän sekoitti sitä nopeasti.

"Aina on huominen", hän sanoi. "Voit keksiä jotain silloin. Minne sinä menit, Goddess Creator Fashioniin? Sieltä löytää aina jotain, mistä pitää."

"Siellä minä kävin, sovitin mekkoa. Se oli kaunis ja kaikkea muuta, mutta jokin siinä ei tuntunut oikealta. Vaikka olin laihtunut, se sai minut näyttämään lihavalta."

Äiti jatkoi kattilan sekoittamista miettien tarkkaan ennen kuin vastasi: "Kehosi on muuttunut, mutta mielesi ei ole vielä päässyt perässä - niinkö?"

Äiti sai minut aina lattiaan havaintokyvyllään. Kuten monta kertaa aiemminkin, hän oli osunut naulan kantaan. Ehkä hänellä oli vain se Äidin ESP-juttu meneillään. Osmoosi tai jotain sellaista. Sitten minulle tuli mieleen - jos en kertoisi hänelle ja vieläpä tosi nopeasti, hän saattaisi oikeasti arvata mallinnusjutun. Ei käy, se oli liian kaukaa haettua. Silti hän oli pyytänyt minua malliksi mekkoon. Oliko hänellä vaisto vai oliko se vain sattumaa?

Hän jatkoi: "Olen ollut tällä planeetalla kuusikymmentä vuotta, ja kuten tiedätte, painoni on noussut ja laskenut kuin jo-joo." Hän jatkoi.

Äiti meni jääkaapille ja nappasi nipun pinaattia, pesi sen hanan alla, pyöräytti lehdet kuiviksi salaattikoneessa ja heitti ne sitten kastikkeeseen.

Äiti oli itsekin pluskokoinen jumalatar, ja hän kasvatti minutkin sellaiseksi. Kun katselin hänen liikkuvan keittiössä ja hoitavan sitä, mitä hän rakasti eniten - ruoanlaittoa hänen kauneutensa säteili.

Muistin ne ajat koulussa, jolloin minua kiusattiin ylipainoni vuoksi, ja äiti kertoi, kuinka häntäkin kiusattiin teini-ikäisenä. Ihmiset saattoivat olla niin ilkeitä, niin julmia. Jos esittäytyisin pluskokoisena mallina, mitä se tekisi hänelle, meidän elämällemme? Olisiko se sama kuin kertoisi kaikille maailmassa, että olimme ylpeitä ylipainostamme? Lihavien häpäiseminen oli kansan suosikkiharrastus.

Äiti tuli luokseni ja halasi minua, kun olin ajatuksissani. Istuimme yhdessä alas, jaoimme kaksi Fig Newtonia ja kupin kahvia.

Olisin halunnut kertoa hänelle, mutta tuntui silti oudolta sanoa sanat ääneen.

"Äiti, Goddess Creator Fashionin toimitusjohtaja on pyytänyt minua kokeilemaan, voisinko olla yksi heidän malleistaan."

LUKU 5

En ole varma, onko hämmästynyt oikea sana selittääkseni äitini ilmeen, mutta hämmästynyt hän varmasti oli. Itse asiassa ensimmäistä kertaa koko elämässäni äitini oli sanaton.

"Äitl, oletko kunnossa?"

Hänen hiljaisuutensa oli lannistavaa. Voin melkein nähdä pyörien pyörivän hänen mielessään. Oliko hänen korvistaan tulossa savua?

Hän päästi pienen kikatuksen, tukahdutti sen ja kikatti sitten uudelleen. Hän käveli kastikkeen luokse ja sekoitti sitä voimakkaasti, kun se napsahti, poksahti ja sylki tahran hänen esiliinalleen.

"En pilaile, äiti", kosketin hänen kättään lopettaakseni sekoittamisen ja katsoin häntä suoraan silmiin. "En todellakaan. Oikeasti."

Hän halasi minua kuin hurrikaani unohtaen, että hänellä oli lusikka käsissään, ja heitti kastiketta ympäri keittiön seiniä ja kattoa ja minua. Nyt kun hän oli ottanut uutiseni vastaan, hän oli niin innoissaan, mutta ei silti pystynyt puhumaan.

Hänen hiljaisuutensa oli hyvin outoa. Äiti oli harvoin hiljaa, ei silloin, kun hänen lapsillaan oli uutisia jaettavana, varsinkaan tällaisia iloisia uutisia. Se vaikutti minuun, koska se toi takaisin kaikki ne itseepäilyn tunteet, joiden voittamiseksi olin tehnyt niin kovasti töitä ja jotka olin karkottanut mielestäni kuntosalilla.

Yritin miettiä asioita hänen näkökulmastaan. Oliko hän huolissaan siitä, että nainen huijasi minua? Pilailiko hän kanssani? Olin ollut hyväuskoinen ennenkin, mutta en missään näin tärkeässä asiassa. Minua oli kohdeltu kaltoin. Minua oli kiusattu, koska olin naiivi ja uskoin ihmisten olevan ystäviä, vaikka he eivät olleetkaan. Ehkä hän luuli, etten pystyisi siihen.

Jos hän ei uskonut, etten pystyisi siihen, minun oli löydettävä voimaa sisältäni. Tämän tiesin, silti halusin juosta ja sulkea oven enkä koskaan tulla ulos. minulla on voimakas taipumus ylidramaattisuuteen - pyydän anteeksi jo etukäteen.

Kaaduin kovaa keittiötuoliin, tungin toisen Fig Newtonin suuhuni ja odotin, että äitini kertoisi, mitä hän ajatteli. Keksipaketti oli puoliksi täynnä vai oliko se puoliksi tyhjä? Voisin odottaa häntä näillä häiriötekijöillä.

LUKU 6

O dotin ja odotin, ja sitten söin toisen Fig Newtonin.

Äiti otti paketin, sulki sen ja käveli keksipurkin luo. Hän otti kannen pois.

Otin toimitusjohtajan käyntikortin käsilaukustani ja laitoin sen viereiselle pöydälle. Poikkesin huoneen yli ja laitoin kortin pöydälle sen viereen, missä äiti oli sulkemassa keksipurkkia.

Istuin taas takaisin alas. Katsoin, kun hän otti käyntikortin. Hän katsoi sitä hetken ja palasi sitten takaisin kastikkeen ääreen.

”Äiti?”

”Mitä tämä nainen tarkalleen ottaen sanoi sinulle?”

”Hän kysyi, olenko koskaan ajatellut ryhtyä malliksi.”

”Ja oletko sinä? Tarkoitan, että oletko koskaan ajatellut sitä?”

Tunsin, kuinka naamani muuttui punaiseksi. Äiti ei tiennyt sänkyjuoksustani, siitä, että käytin hänen korkokenkiään ja korujaan.

”Olen ajatellut sitä”, myönsin, ”mutta siitä on kauan aikaa, kun olin pieni tyttö.”

”Kaikki pikkutytöt leikkivät pukeutumista”, äiti tarjosi.

”Mutta heitä kaikkia ei kutsuta kokeilemaan mallin paikkaa Goddess Creator Fashion -ohjelmassa - eihän?”, hän sanoi. Eikä kuka tahansa. Yrityksen omistaja ja toimitusjohtaja kutsui MINUT. Henkilökohtaisesti. Hän näki minussa jotain.”

Noiden sanojen sanominen ääneen sai minut tuntemaan itseni puolustautuvaksi ja vihaiseksi.

Yhtäkkiä olin yli sataprosenttisen varma, että tarjous oli minulle.

LUKU 7

uomasin, että äiti halusi miettiä, mitä olin sanonut. Teeskentelin, että minulla oli kiireellinen viesti, ja lähdin keittiöstä.

Kun olin istunut alas, syötin rouva Sharon Lindtin tiedot puhelimeenl. Olin niin vihainen äidin oudosta reaktiosta. Ensin hän halasi minua ja vaikutti niin innostuneelta, että hän heitteli kastiketta ympäri huonetta, ja sitten hän muuttui zombimaiseksi. Häntä kiusatakseni melkein soitin rouva Lindtille ja hyväksyin hänen tarjouksensa viivyttelemättä.

Odottaessani äidin tajuihinsa tulemista ajattelin jostain syystä koko ajan isääni. Emme olleet nähneet häntä sen jälkeen, kun olin pieni tyttö. Äiti ei koskaan puhunut hänestä, emmekä tienneet, mitä hänelle oli tapahtunut. Yhtenä päivänä hän oli täällä ja seuraavana hän oli poissa. Ajattelin kaikkia niitä aikoja, kun hän istui lattialla kanssani ja leikki nukkekotia. Keksimme kaikenlaisia fantastisia ideoita, joilla saimme Barbien ja Kenin toimimaan maailmassa. Matkustimme Lontooseen, Pariisiin, Roomaan ja jopa Sydneyhin, Australiaan. Kun hän lähti ensimmäisen kerran, kaipasin häntä kovasti, mutta nyt, kun hän jätti meidät sanomatta sanaakaan, ei edes yksinkertaisia hyvästejä, en kaivannut häntä juuri lainkaan.

Äiti tuli olohuoneeseen ja pyyhki kätensä esiliinaan. Tajusin, etten ollut katsonut häntä pitkään aikaan. Tarkoitan, että todella katsoin häntä. Olin tässä kertomassa hänelle tästä fantastisesta asiasta, joka tapahtui elämässäni, ja mitä hänellä oli odotettavana? Isän lähdettyä hänen elämänsä muuttui sataprosenttisesti vain minun ja veljeni hoitamiseksi.

Äiti ei koskaan hoitanut itseään tai ostanut itselleen mitään kaunista, vaikka hän rohkaisi meitä tekemään niin. Hän oli ollut isäni kanssa melkein viisitoista vuotta, kun tämä lähti. Ajatteliko hän häntä? Kaipasiko hän häntä? Oliko hän yksinäinen? Äiti kertoi minulle, että hän tukisi sataprosenttisesti sitä, mitä ikinä halusinkin tehdä elämälläni, kunhan olisin varma, että se oli sitä, mitä halusin. Hän jatkoi: "Mallin työ on koiranruokaa, ja pärjätäkseen sinun on tehtävä töitä. Vaikka sinua pyydettäisiin Goddess Creator Fashionin malliksi, se ei tarkoita, että se olisi oikea uravalinta sinulle."

"Se on riski, mutta se kannattaa ottaa. Mikä on pahinta, mitä voi tapahtua? Kaadun naamalleni noissa korkokengissä?" Nauroimme molemmat ajatukselle siitä, että kaatuisin kiitotiellä. "No, en olisi ensimmäinen enkä viimeinen - mielestäni kannattaa kokeilla mallimaailmaa.

Vihaan työtäni puhelinkeskuksessa. Haluan itselleni enemmän, enkö mielestäsi ansaitse tilaisuutta kokeilla jotain muuta? Jotain parempaa?"

"Sinä olet suurin esteesi ja kriitikkosi, Christina. Toki maailmassa on muitakin kriitikoita, mutta sinun on muistettava, että sanoivatpa he mitä tahansa, sinun on miellytettävä vain itseäsi. Sinun ei tarvitse täyttää heidän odotuksiaan."

Hän oli oikeassa, jos annoin heidän valottaa minua, minun oli oltava tarpeeksi vahva sekä hyväksymään että torjumaan se, mitä minusta sanottiin. Sisäinen voima olisi avainasemassa. Ilman sitä olisin tuuliajolla laihojen pikkumallien maailmassa, yrittäen sopeutua joukkoon. "Haluan vaikuttaa kaikkiin niihin tyttöihin, kuten sinä ja minä, joilla ei ole koskaan ollut mahdollisuutta. Haluan näyttää heille, että kauneutta on kaikissa muodoissa ja koossa."

"Luulen, että sinulla on se. Anna nyt tuolle naiselle sormus ja istutaan sitten alas syömään."

"Saatan nukkua sen päälle", sanoin.

Äiti katsoi minua huolestuneena ja myöntyi sitten. Hän palasi keittiöön, ja kuulin, kuinka hän pesi ja piti itseään kiireisenä. Tiesin, että hän yritti lähettää minulle viestejä, jotta soittaisin nyt, ennen kuin muutan mieleni, mutta mitä jos -ajatukset olivat alkaneet tihkua sisääni.

Näin äidin palaavan katsomaan minua, juuri kun puhelimeni alkoi surista.

Soittajan tunnus paljasti, että se oli Sharon Lindt, Goddess Creator Fashion.

"Nyt se alkaa!"

LUKU 8

Hän tunnisti ääneni heti. Juttelimme lyhyesti. Rouva Lindt sanoi löytäneensä yhteystietoni netistä. "Olisiko teillä kysyttävää, nyt kun olette ehtineet miettiä asioita hieman? Toivottavasti olette tosissanne harkinnut tarjoustani."

"Kyllä, rouva Lindt, olen miettinyt vain sitä. Olen kiinnostunut kuulemaan lisää ehdotuksestanne. Mitä minun pitäisi tarkalleen ottaen tehdä? Kuten sanoin jo aiemmin, minulla ei ole minkäänlaista kokemusta mallintyöstä."

Hän kuulosti tyytyväiseltä, todella tyytyväiseltä. "Ensinnäkin, kutsu minua Sharoniksi. Kokemusta ei tarvita. Oikealle ehdokkaalle me koulutamme. Unohdin myös kertoa sinulle kannustimesta, joka koskee kokeilemista. Siksi ajattelin soittaa sinulle tänä iltana, jotta tiedät kaikki yksityiskohdat ja voit tehdä tietoon perustuvan päätöksen."

"Kannustin kokeilemaan?" Virnistin. Äiti siirtyi lähemmäs kuunnellakseen puhelintani kanssani. Sen sijaan laitoin rouva Lindtin kaiuttimeen, jotta äiti kuuli kaiken sanotun myös suorana lähetyksenä.

"Kyllä. Koulutuksen lisäksi voittaja saa kaikki kulut maksavan matkan Goddess Creatorin muotinäytökseen Pariisiin. Olemme tehneet pohjatyötä; siitä tulee yhdelle nuorelle naiselle uskomaton tilaisuus osallistua. Kun hän liittyy Goddess Creator Fashion Teamiin, taivas on rajana."

En voinut itselleni mitään, kuin pikkutyttö päästin kiljahduksen. Niin teki myös äiti. Melkein putosin tuoliltani. En tiennytkään, että Pariisissa oli muotinäytöksiä isommille naisille, mutta miksi ei olisi?

Sharonin on täytynyt huomata tämä äänestäni, koska hän jatkoi: "Saamme paljon huomiota näytöksen vuoksi. Jos sinut valitaan, haluaisimme, että olet mukana. Se ei ole helppoa, mutta kenet tahansa valitsemmekin, Goddess Creator Fashion on sataprosenttisesti hänen takanaan."

"Olisi unelmieni täyttymys päästä Pariisiin", hihittelin, kun mielessäni pyörivät ajatukset Eiffel-torniin kiipeämisestä ja kiitoradalla patsastelemisesta. Syödä ranskalaisia leivonnaisia, juoda aitoa samppanjaa, käydä Louvressa, Jim Morrisonin haudalla ja tanssia pitkin Champs-Elyseeta.

"Oletko vielä siellä?" Sharon kysyi.

"Kyllä, olen vain vähän tähtihäpeässä. Minulla ei ole passia, enkä osaa puhua ranskaa sujuvasti."

Sharon nauroi. "Ei se mitään. Sinulla on aikaa hoitaa kaikki kuntoon - Boot Campin jälkeen, jos sinut valitaan. Meillä on aluksella ihmisiä, jotka voivat auttaa tarvittaessa. Älä huolehdi yksityiskohdista. Huolehdi vain siitä, että sanot kyllä ja voitat."

Sanat Boot Camp kaikuivat päässäni. Kuvittelin, millaista se olisi. Huone täynnä täyteläisiä tyttöjä, jotka olivat maskeeranneet itsensä tyylikkäisiin vaatteisiin ja painivat korkokenkiensä kanssa palkinnosta, joka oli kerran elämässä maksettu matka Pariisiin. Minä halusin sitä. Halusin voittaa.

"Vielä yksi asia. Jos voitat, voit ottaa perheenjäsenen mukaan Pariisiin katsomaan debyyttiäsi défilés de mode - käännettynä se tarkoittaa muotiparaatia."

Äiti päästi huudon, joka varmasti kuului Ranskaan asti.

"Kyllä", sanoimme molemmat yhdessä puhelimeen.

"Saat yhteyden muutamaan henkilökuntani jäseneen. He kertovat sinulle Boot Campin yksityiskohdat. Se antaa sinulle mahdollisuuden totutella ajatukseen, kastaa varpaasi veteen vähän kerrallaan sen sijaan, että upottaisit koko jalan kerralla."

"Se kuulostaa aivan ihanalta", sanoin. Olin niin innoissani, että pystyin tuskin puhumaan kunnolla, ja roikuin puhelimestani rautaisella otteella.

"Vielä yksi asia", Sharon sanoi, "Casser une jambe. Se tarkoittaa ranskaksi jalan katkaisemista, ja tarkoitan sitä. Olen kanssasi Christina Langdon. Onnea matkaan."

Äiti ja minä melkein kaaduimme jännityksestä.

"Oui! Oui!" lauloimme puhelimeen.

LUKU 9

Tänään on Boot Camp -päivä! Olen tässä penkomassa vaatekaappiani, sotkemassa kaiken ja edelleen ilman mitään päällepantavaa.

"Kop, kop", Brandon sanoi, ja kuten aina, hän tuli sisään ennen kuin ehdin käskeä häntä.

"OMFG Christina, sinun täytyy, tiedäthän, laittaa jotain vittumaista päälle, jotta voin viedä sinut Boot Campille - et halua myöhästyä."

Hän siirtyi sängyn luokse, otti mustat housut, joissa oli nahkaraitoja housujen ulkosääressä, ja napitettavan puseron - "tarvitset mustat rintaliivit tähän", hän huomautti, ja lähdin vaihtamaan vaatteita. Brandonilla oli mitä ihanin muotitaju, erityisesti naisten osalta. Mietin, olisiko hänestä jonain päivänä tullut kuuluisa muotisuunnittelija, mutta ei, hän työskenteli mielellään minun ja muiden puhelinkeskuksen työntekijöiden kanssa joka ikinen päivä.

Laitoin itseni kuntoon, eikä kestänyt kauaa ennen kuin olin pukeutunut ja valmis lähtemään, olin niin innoissani, että käteni tärisivät, kun hän sanoi tres ärsyyntyneellä äänensävyllä: "Äh, meikki?".

"Mitä tekisin ilman sinua?" Kysyin, kun istuin peilin eteen ja aloin levittää meikkiä. "Ei liikaa", Brandon huomautti.

Sillä välin hän istui takanani, harjasi hiukseni ja sitoi ne sitten kiinni. "Jotta he voivat arvostaa joutsenmaista kaulaasi." Kikatin.

Laitoin korkkarit jalkaani ja lähdimme alakertaan, jossa äiti odotti hymyillen kuin vanhempi, joka lähettää lapsensa tanssiaisiin.

Äiti hehkutti: "Näytät niin kauniilta!" Hän ei usein purskahtanut, ja se sai minut tuntemaan itseni entistäkin innostuneemmaksi, kun hän nappasi muutaman kuvan ja lupasi olla julkaisematta niitä sosiaalisessa mediassa ilman minun tai Brandonin suostumusta. Lähtiessäni ulos halasin häntä, ja huomasin, että hän taisteli kyyneleitä vastaan.

Polveni notkahtivat, kun lähdimme Brandonin luukkuautolle. Rauhoittaaksemme hermojamme, pysähdyimme hakemaan lattekahvit drive through -autosta. Vaikka olimme hieman myöhässä, tiesimme, että kahvitauolle oli aina aikaa.

"Perhoset sekoilevat vatsassani", myönsin.

"OMG! Minulla on empatiaperhosia!" Brandon hihkui.

Nauroimme kuin hullut. Kunnes radiosta tuli yksi lempikappaleistamme, The Doorsin kappale. Brandon väänsi sen täysille ja lauloimme keuhkoistamme. Ennen kuin tiesimmekään, saavuimme parkkipaikalle, jossa Boot Camp pian tapahtuisi.

Brandon nousi autosta ensimmäisenä. Minä en voinut liikkua. Hän tuli ympäri, avasi oven minulle ja sanoi: "Saat tämän ämmän".

Naurahdin, silittelin asuni etuosan ja astuin ulos. Yhdessä etenimme eteiseen.

Rakennus oli harmaa, ja sen ulkopuoli oli koristeltu hopealla, mutta siinä oli paljon ikkunoita. Se näytti siltä kuin se olisi ollut tehdas, hyvällä tavalla. Kävelimme kädestä pitäen pyöröovien läpi. Brandon oli aina tukemassa minua moraalisesti - hän oli kallioni.

Sisäänkäynti oli mahtipontinen, liukuportaiden reunoilla oli paljon kultakoristeita ja katosta roikkui kaikenkokoisia ja -muotoisia lasikruunuja. Me huokailimme, kun menimme turvatiskille.

"Christina?" univormupukuinen mies kysyi.

"Kyllä, se olen minä." WTF? Mistä tuo oli tullut? Ylimielistä vai mitä?

Brandon nauroi ja työnsi minut eteenpäin.

En tehnyt sitä tahallani, kaikki johtui hermoista. "Mistä tiesit nimeni?"

"Tule katsomaan", Travis Whiting (turvamies) sanoi minulle. Kun menin portista läpi, näin tietokoneella kuvan itsestäni. Se oli otettu Facebook-profiilistani tai jostain netistä. Kuva ei ollut kaikkein imartelevin, mutta ainakin hän tunnisti minut.

”Siistiä”, sanoin, mutta sitten katsoin ylös ja huomasin, että Brandon seisoi käännöstyylin toisella puolella: 'Hän on kanssani', sanoin.

”Olen pahoillani, kukaan ei pääse tämän pisteen jälkeen ilman ennalta hyväksyttyä sisäänpääsyä tai turvakorttia”, Travis sanoi.

Brandon näytti hyvin masentuneelta, mutta hän ymmärsi, etten voinut vaikuttaa asiaan: ”Menen kiertelemään naapurustoa ja katsomaan, mitä tapahtuu. Lähetä minulle tekstiviesti, kun tarvitset minua, niin tulen hakemaan sinut. Hauskaa aikaa Boot Campissa! Tyrmää heidät!”

Puhalsin hänelle suukon ja katsoin, kun hän kiersi pyöröovia vilkuttaen, kerran, kahdesti ja sitten kolmesti. Hän puhalsi minulle suukon ja lausui sanat: ”Kolme kertaa onnekas.”

Puhalsin toisen suukon takaisin.

Travis antoi minulle ohjeet Boot Campiin. Hengitin syvään, tarkistin meikkini peilistä matkalla ja lähdin matkaan.

LUKU 10

Pitkän käytävän päässä, joka oli täynnä kuvia kaikenkokoisista ja -muotoisista upeista naisista, oli kaksi suurta ikkunatonta ovea. Korostan ikkunattomuutta, koska ulkopuolelta katsottuna tässä paikassa oli runsaasti ikkunoita. Mutta me olimme aivan takana, syvällä rakennuksen sydämessä. Se tarkoitti sitä, etten voinut katsoa Boot Camp -huoneeseen sisälle etukäteen selvittääkseni paikkaa, kuten ei kukaan muukaan.

Jännittyneenä kävelin kaikkien muiden tyttöjen ohi. He tuijottivat minua. Pari nyökkäsi. Vedin kahvasta mennäkseni sisään ja asettautuakseni, mutta mitään ei tapahtunut. Kokeilin pariovisen sisäänkäynnin toista puolta, eikä taaskaan mitään tapahtunut.

"Äh", eräs tyttö aivan takanani sanoi, "meidän on odotettava täällä, kunnes meidät päästetään sisään."

"Ai, kiitos." Kävelin vähän aikaa ja lauloin päässäni Tom Pettyn sanoituksia odottamisesta.

"Onko tämä ensimmäinen kertasi?" sama tyttö kysyi.

Nyökkäsin juuri kun kellot alkoivat soida melko kovaa. Ensin ne soivat hitaasti, sitten nopeammin ja kovempaa. Kaikki tytöt nousivat ylös ja siirtyivät eteenpäin yrittäen kääntyä hyvään paikkaan. Maagisesti ovet avautuivat, ja me syöksyimme eteenpäin. Tunsin itseni Dorothyksi, joka astui Ozin maahan.

Pysyimme aluksi yhdessä sisäänkäynnin luona, sitten työnnyimme ryhmänä sisäänpäin ja saavuimme pian huoneen keskelle hetkeksi, ja katselin ympärilleni. Vasemmalla puolella oli poikkeuksellisen pitkiä puisia istuinrivistöjä ja oikealla puolella yhtä pitkiä istuinrivistöjä. Ajatus istumisesta oli mielessäni. Olin niin hermostunut. Jännitys ja odotus täyttivät ilman sähköllä, kun odotimme.

Kaiuttimesta kuului naisen ääni, joka ilmoitti: "Tervetuloa Goddess Creator Fashion -ehdokkaisiin. Olkaa hyvä ja asettukaa jonoon aloittaen pisimmästä lyhyimpään. Kiitos."

Teimme niin kuin hän pyysi; minä olin rivin puolivälissä.

"Aloittaen pisimmästä, pyydän teitä asettumaan vasemmalle yhdelle istuinalustoista. Kun kaikki paikat on varattu, loput ehdokkaat asettuvat vastaavasti oikeanpuoleisille penkeille. Pysykää paikoillanne, ja voitte keskustella hiljaa keskenänne muutaman hetken. Kovaääninen ääni ja/tai aggressiivinen käytös johtaa ehdokkaiden poistamiseen ja/tai elinikäiseen porttikieltoon. Me Goddess Creator Fashionissa kiitämme teitä tulostanne ja toivotamme teille kaikille onnea!"

Istuimme nyt istumaan, ja katsoimme huoneen toisella puolella toisiamme. Mittailimme toisiamme. Oli miten oli, olimme kaikki yhdessä kilpailussa. Taistelimme oikeudesta ansaita paikka. Kaikki paikalla olevat naiset olivat poikkeuksellisen kauniita, jotkut huomattavan nuoria ja jotkut suunnilleen samanikäisiä kuin minä. Muutamat olivat vanhempia, kokeneempia ja heidän muotitajunsa huusi valita minut. Totta, meillä oli yksi yhteinen asia, että olimme kaikki Plus-kokoisia, mutta jotkut olivat kärjessä, koska heillä oli pituutta edukseen.

Mietin, mihin kuulun ja mitkä olivat mahdollisuuteni, kun huomioni kiinnittyi toiseen pitkä tyttö. Hän oli todella upea ja huokui itsevarmuutta. Hän hymyili ja sanoi "onnea matkaan", ja minä tein saman hänelle. Oli mukavaa, että hän teki niin, ehkä tämä keikka ei sittenkään olisi niin koiranruokaa?

Suoraan vieressäni istuva tyttö tärisi kuin lehti kysyessään: "Onko tämä ensimmäinen kertasi?". Minä olen Lilith, ja sinä olet?"

"Hauska tavata Lilith, olen Christina ja kyllä, tämä on ensimmäinen kertani. Olen todella hermostunut."

"Hauska tavata, minäkin olen hermostunut. Tämä on aika pelottavaa - tarkoitan, kun nuo isot ovet aukeavat ensimmäistä kertaa, mutta kyllä siihen tottuu, ja useimmiten ihmiset, jotka tulevat tänne, ovat mukavia, kunhan homma lähtee käyntiin. He kaventavat numeroita, ja jos pääsemme jatkoon, saamme jäädä ja siirtyä seuraavaan vaiheeseen."

"Tämä ei siis ole ensimmäinen kertasi?" Kysyin.

”Ei, olen ollut täällä monta kertaa, mutta se hermostuttaa minua aina niin paljon”, Lilith sanoi. ”Minulle, riippumatta siitä, kuinka monta kertaa tulen tänne, se on aina kuin ensimmäinen kerta.”

Ajattelin, että tulisin tänne toistuvasti ja tulisin hylätyksi. Vaati paljon sisua tulla tänne yhä uudelleen. Sanoin niin ja lisäsin: ”He siis vähensivät määrää?”

”Kyllä, aika lailla heti, jotta he voivat ryhtyä hommiin”, hän sanoi vapisten. Huomasin, että hänellä oli koko kyynärvarren pituudelta juoksevia hanhikarvoja. Olin ollut hermostunut, mutta nyt kun näin, miten hermostunut Lilith oli, hermostukseni jotenkin väheni.

”Kukaan ei kertonut sinulle prosessista. Mikä järjestö värväsi sinut?” hän kysyi.

Minusta ei tuntunut mukavalta kertoa hänelle, että Goddess Creator Fashionin omistaja oli rekrytoinut minut henkilökohtaisesti. Sen sijaan sanoin, että ystävän ystävä oli yhdistänyt minut, ja hän tuntui olevan täysin tyytyväinen tähän selitykseen.

”Kerran kuussa he kutsuvat meidät tänne - antavat meille näytöksen - mutta yleensä he valitsevat vain kourallisen tyttöjä, jotka pääsevät kokeilemaan seuraavaa tasoa. Olen käynyt täällä nyt puoli vuotta, eivätkä he ole tähän mennessä valinneet minua tätä ensimmäistä tasoa pidemmälle.”

Laskin nopeasti, kuinka monta tyttöä oli paikalla molemmin puolin, itseni mukaan lukien laskin kaksikymmentäviisi. Ottaen huomioon, että tämä oli ensimmäinen kertani, arvelin, että todennäköisyys ei ollut minun puolellani. Itse asiassa minulla ei luultavasti ollut juuri mitään mahdollisuuksia, kun katsoin kilpailijoitani.

"Mitä malleja olet tehnyt aiemmin?" hän kysyi.

Valehtelin taas: "Vain paikallisia juttuja, siellä sun täällä. Entä sinä?"

"Minulla on oma verkkosivusto, ja olen näytellyt mallia Wal-Martille, Targetille, Searsille ja muutamalle muulle ketjulle, kun ne laajensivat Plus Size -muotilinjojaan. Otan vastaan kaikki työt, mitä saan, mutta Goddess Creator Fashion, työskentely heidän kanssaan on unelmani. Otan vain jatkuvasti muita töitä, jotta voin lisätä niitä ansioluettelooni siinä toivossa, että jonain päivänä unelmani toteutuu."

"Vau, se on uskomatonta", sanoin juuri, kun nainen, joka oli pukeutunut päästä varpaisiin kuumaan punaiseen housupukuun, kulki lattian poikki kantaen pitkää terävää keppiä. Hänen piikkikorkonsa, jotka näyttivät olevan ainakin noin viiden tuuman korkuiset, päästivät pucketa pucketa -ääniä ylittäessään huoneen kovapuulattioilla. Nainen näytti olevan vähintään kaksimetrinen ilman kenkiä, joten hän näytti aivan helvetin laihalta jättiläiseltä. Hänen takanaan seurasi mies, joka oli noin 180-senttinen ja naputteli jatkuvasti iPadiaan.

"Hän on todella jotain", Lilith sanoi, "katsokaa vain. Tarkoitan, että katso ja opi."

"Pelottavaa."

"Et ole nähnyt vielä mitään."

Ajattelin, että nainen kulkisi yhtä sivua pitkin ja sitten toista pitkin. Mutta ei, hän aikoi ensin pelotella ja sitten valita ihmiset sattumanvaraisesti. Sitä ennen hän kuitenkin käveli ympäriinsä ja katseli meitä kuin pentuja, jotka odottivat adoptointia.

Kun hän lähestyi meitä, Lilith istui suorassa, ja minä tein samoin. Valitettavasti samalla puhelimeni putosi taskustani ja putosi lattialle. Nainen ei reagoinut eikä katsonut suoraan minuun (luojan kiitos!), kun otin sen talteen ja pudotin sen käsilaukkuuni. Tunsin itseni niin aloittelijaksi.

"Lilith Martin", nainen sanoi, ja minä taputin.

Ennen kuin hän nousi ylös, Lilith kuiskasi minulle: "Jos hän kutsuu nimeäsi, olet mennyttä." Hän veti syvään henkeä, ja huomasin, että hän taisteli kyyneleitä vastaan: "Onnea matkaan, ja toivon näkeväni sinut ensi kerralla. En luovuta."

Kättelimme lyhyesti, ja sitten hän lähti. Minusta tuntui niin pahalta. Miksi hän oli tyrmännyt Lilith-paran ja vieläpä ensimmäisenä? Kukaan ei halunnut lähteä ensimmäisenä. Se oli kuin olisi ollut ensimmäinen, joka äänestettiin pois Survivorista.

Hän huusi nimen toisensa jälkeen. Hyppäsin, kun hän puhui. Hänen äänensä oli korkea, ja sen rekisteri oli kuin kynnet liitutaululla. Kaikki valinnat olivat sattumanvaraisia, eikä niillä ollut mitään erityistä järkeä tai syytä, jota olisin nähnyt. Pian jäljellä oli enää kaksi, pitkä amatsoonikandidaatti tien toiselta puolelta ja minä. Tämän täytyi olla jonkinlainen vitsi, eikö niin? Minä häntä vastaan? Katselin ympärilleni miettien, oliko täällä piilokameroita ja juoksisiko joku ulos huutamaan aprillipilaa. Muistakaa, ettemme olleet lähelläkään huhtikuuta.

"Tule mukaan", nainen sanoi. Toinen malli ja minä hymyilimme, kun kuljimme lattian poikki. Pikkumies iPadin kanssa otti meistä kuvia, kun tulimme yhteen, ja jatkoi sitten iloisesti naputtelua.

"Onnittelut ehdokkaille", housupukuinen nainen ja hänen kätyrinsä sanoivat yhteen ääneen. Hän napautti tikkua ja kääntyi.

"Kiitos", sanoimme.

"Ryhdytään hommiin. Meillä on töitä!" nainen sanoi kävellessään kiireesti huoneen poikki ja nuori mies seurasi tiiviisti perässä.

Me malliksi aikovat otimme peräämme.

LUKU 11

Seuraa johtajaa -leikkiä leikkien poistuimme salista. Pian olimme erillisessä huoneessa, jossa oli valmiina catwalk. Tasanne ei näyttänyt niin korkealta eikä jos olin kuvitellut sen olevan. Elokuvissa ja muotiohjelmissa esiintyvät näyttivät aina niin korkeilta ja pitkiltä. Ehkä he tekivät sen matalammaksi, jotta me aloittelijat emme haastaisi heitä oikeuteen loukkaantumisista, kun putoamme alas.

"Mennään suoraan asiaan", housupukuinen nainen sanoi. "Olen Madame Levesque, ja voitte kutsua minua Madame Levesqueksi. Tässä on avustajani Jeremy Bolt."

Nyökkäsimme tervehdykseksi ja sitten hän jatkoi: "Jeremy saattaa teidät vaihtohuoneisiin, jossa avustaja valitsee asun ja pukee teidät molemmat. Teidän on pukeuduttava kaikkeen, mitä he valitsevat teille, myös kenkiin. Sitten teidät lähetetään meikkaukseen, jossa saatte täyden meikkauksen. Kuunnelkaa tarkkaan kaikki vinkit, joita stylistit tarjoavat teille, sillä ne ovat korvaamattomia ja ilman niitä ette ole mitään", hän sanoi kuin olisi sanonut sen sata kertaa ennenkin samalla kun naputteli keppiä jokaisen tavun tahdissa.

Kilpailijani nosti kätensä ylös, aivan kuin hän olisi ollut koulussa tunnilla. Madame Levesque huomasi sen, mutta jätti hänet huomiotta ja alkoi kävellä pois. Kuinka epäkohteliasta, ajattelin, mutta olin todella iloinen, etten ollut yrittänyt kysyä mitään.

Tämä kaikki oli äärimmäisen jännittävää. Vapisin ajatuksesta astua ulos catwalkille ja kulkea sitä pitkin. Muistin mielessäni Sex in The City -elokuvan, jossa Carrie Bradshaw oli kaatunut. Nauroin hiljaa itsekseni, kun jatkoimme seuraamista tiiviisti Madame Levesquen perässä.

Keskityin siihen, että sain täyden muodonmuutoksen. Tunsin itseni niin onnekkaaksi, että sain tämän tilaisuuden.

Pysähdyimme, ja Madame Levesque napautti keppinsä lattiaan kahdesti.

"Tasan kello 14.15 olet valmis kävelemään catwalkilla." Hän heitti kolikkoa ilmaan: "Sano se", hän sanoi, ja minä sanoin "klaava". Kolikko osui lattiaan ja vieri. Kävelimme yhdessä katsomaan tulosta, se oli klaava - minun olisi mentävä ensimmäisenä.

"Kun musiikki alkaa, olet valmis. Yksi toisensa jälkeen. Kävelette tuota catwalkia pitkin - kävelette henkenne edestä. Sen jälkeen päätän, kuka teistä jatkaa harjoittelua Boot Campilla valmistautuakseen

Goddess Creator -muotinäytökseen Pariisissa. Onnea teille molemmille!"

Pääni pyöri, kun seurasimme Jeremyä tapaamaan luojiamme (tai pikemminkin meikkaajiamme.) Se oli ainutkertainen tilaisuus, ja minun oli yksinkertaisesti oltava sensaatiomainen.

LUKU 12

Kilpailijani ja minut erotettiin toisistamme ilman, että meitä esiteltiin virallisesti. Hän näytti ammattilaiselta, ja koska olin vasta-alkaja, oli ehkä parempi näin. Loppujen lopuksi hänellä ei olisi ilman tapaamistani ollut mitään tietoa siitä, että minulla ei ollut ammattimaista kokemusta mallintamisesta. Koska hänen nimeään ei ollut koskaan sanottu eikä minun nimeäni, olimme molemmat samassa veneessä.

Kun saavuimme osoittamaani huoneeseen, Jeremy avasi oven näyttävästi ja tavallaan työntää minut varovasti huoneeseen ja sulki oven. Kuulin hänen askeleensa ulkona, kun hän käveli pois. Sillä välin seisoin siellä odottamassa, että joku tunnustaisi läsnäoloni - kukaan ei tehnyt niin.

"Huhuu", sanoin. Kuvittelin Carson Kressleyn olevan oven numero yksi takana. Menin sinne ja avasin sen, mutta siellä ei ollut ketään. Ottaisin vastaan minkä tahansa avun. Jopa niiltä kahdelta naiselta, joilla oli oma ohjelma Britannian televisiossa muutama vuosi sitten. Ei mitään. Kukaan ei ollut täällä. Olin täysin yksin.

Katsoin kelloani ja tajusin, että tasan tunnin kuluttua minun pitäisi kävellä Catwalkia pitkin - ja se kävely joko ratkaisisi tai rikkoisi urani mallina.

Harkitsin istumista, mutta päätin, että murjottaminen ei auttaisi tilannetta. Avasin oven toivoen voivani kysyä Jeremyltä neuvoa, mutta häntä ei näkynyt missään. En halunnut panikoida, mutta silti panikoin. En täysin, mutta soitin Brandonille ja kerroin hänelle, mitä tapahtui, ja hän käski minun jatkaa eteenpäin - ryhtyä hommiin ja antaa niille turpiin.

Muutaman hetken pelkän paniikin jälkeen tein sen, mitä kuka tahansa punaverinen mallinaiseksi haluava tekisi: aloin vetää vaatteita vaatehyllystä. Rajaamaan asuja. Toivoin säästäväni aikaa, kun apulaiseni saapui. Etsin täydellistä asua.

Otin kuvia vaatekappaleista ja lähetin ne Brandonille, rajasimme valikoimaa, ja parhaan ystäväni avustuksella olin hyvällä tiellä näyttääkseni hyvältä.

Useiden kokeilujen jälkeen, kellon tikittäessä ja Brandonin ollessa kaiutinpuhelimessa, päädyimme muodolliseen, seksikkääseen mutta ei liian seksikkääseen asuun. Valitsimme kengät, käsilaukun, korvakorut ja pienen hiuspannan hiuksiini.

"Et kai luule, että huijaan?" Kysyin Brandonilta.

"Ei helvetissä", hän sanoi, "He eivät pitäneet omaa osuuttaan sopimuksesta. Mutta sinun kannattaa nyt lopettaa rakkaus, jos olet ihan rauhallinen ja valmis. Harjoitus tekee mestarin. Rakastan sinua!"

"Rakastan sinua myös Brandon ja kiitos."

Nyt kun olin pukeutunut, harjoittelin kävelemään ylös ja alas teeskennellen olevani catwalkilla. Valitsemani kengät olivat mukavat, eikä minulla ollut pelkoa kaatumisesta tai kompastumisesta. Nyt tunsin itseni super itsevarmaksi, menin peilin luo ja päivitin meikkini ja vilkaisin kelloani. Kello oli 2:10 ja esitysaikaan oli enää viisi minuuttia. Käytin nopeasti tiloja.

Vain hetken päästä putosin mukavaan tuoliin (varoen rypistämästä mitään) ja tunsin itseni hyvin tyytyväiseksi siihen, mitä Brandon ja minä olimme saaneet aikaan. Yhdessä olimme varsinainen tour de force.

Hetkeä myöhemmin oveen koputettiin, ja se oli Jeremy.

"Kukaan ei tullut auttamaan minua."

"Tiedän." Hän vilkaisi asuani ja hymyili. "Seuraa minua."

"Odota. Miksi kukaan ei auttanut minua?" Kysyin.

Jeremy pysähtyi ja kääntyi katsomaan minua. "Ei ole minun tehtäväni selittää, mutta voin kertoa yhden asian: et tarvinnut apua. Näytät yksinkertaisesti fan-ta-bu-loukselta!"

"Kiitos", sanoin, "Nyt lähdetään liikkeelle."

Jeremy nauroi.

Vaikka olimme kävelleet käytävää pitkin jo aiemmin, palatessamme takaisin menimme toista reittiä, ja matka tuntui vievän ikuisuuden ja ikuisuuden. Huomasin kilpailijani, jolla oli tiimi ihmisiä, enimmäkseen naisia, valmistelemassa hänen hiuksiaan ja tekemässä viime hetken säätöjä. Hän näytti upealta, ja hän oli valmis ja innokas lähtemään, vaikka minun piti mennä ensin. Hän katsoi minua päästä varpaisiin ja käänsi sitten katseensa pois.

Sain sinut narttu, ajattelin.

Nostin leukani pystyyn ja kun vuoro tuli, kävelin ulos kirkkaisiin valoihin.

LUKU 13

Aluksi en nähnyt mitään, koska kirkkaat valot sokaistivat minut. Muistin televisiossa näkemäni muotinäytökset. Useimmilla malleilla oli aurinkolasit, mutta tähän asti olin luullut niitä asusteiksi. Nyt tajusin, että ne olivat paljon tärkeämpi voimavara. Toivoin todellakin, että minulla olisi sellaiset.

Sen lisäksi, että valot olivat äärimmäisen kirkkaat, valoista valuva lämpö sai minut tuntemaan, että meikkini liukui ja pian valuisi kasvoilleni. Kävelin nopeammin. Keskityin. Itsevarmasti

Jatkoin kävelyä. Kun pääsin loppupäähän, tein komean käännöksen. Pysähdyin, tein toisen käännöksen ja kävelin takaisin. Kun saavuin verholle lopussa, tunsin itseni voitokkaaksi. En kaatunut. Olin tehnyt sen!

Kilpailijallani oli nyt aurinkolasit päässä, kun hän astui catwalkille. Hänellä oli erittäin mukava olo, ja jopa minä tunsin jännityksen ilmassa, kun hän teki asiansa. Se, mitä hänellä oli yllään, sopi hänelle, hän oli pukeutunut sataprosenttisen rennosti farkkuihin, takkiin ja pieneen lippikseen. Hänellä oli korkeakorkoiset saappaat jalassaan, piikkikorkoiset, ja hän teki käännökset täydellisesti ja palasi pian takaisin.

Kaikki oli ohi hyvin nopeasti. Meidän kahden kesken elämänkävelymme oli kestänyt vain minuutteja.

Seisoimme vierekkäin ja odotimme hiljaa tyytyväisinä tietäen, että olimme tehneet kaiken mahdollisen.

LUKU 14

Muutamaa hetkeä myöhemmin Jeremy ilmestyi tyhjästä. Hänen käsissään oli kaksi valkoista kirjekuorta, yksi kummallekin meistä. Kun hän oli toimittanut ne, hän kääntyi ja lähti. Amazonilaistyttö repi epäröimättä kirjekuorensa auki. Katselin hänen kasvojaan. Hänen ilmeensä ei muuttunut. Hän otti tavaransa ja lähti. Kuinka outoa.

Nyt aivan yksin laitoin kirjekuoren pois. Riisuin kenkäni ja astuin catwalkille. Se saattoi olla viimeinen tilaisuuteni kävellä sitä. Tällä kertaa en kääntynyt ympäri, vaan istuin reunalla jalat heiluen. Tunsin itseni taas pikkutytöksi. Toivoin, että äiti olisi ollut täällä. Nähdäkseen.

Aikaisemmin, kun valonheittimet olivat päällä, en nähnyt salista juuri mitään. Nyt valot olivat himmeät, ja näin, että sivuilla ei ollut istuimia, kuten olin odottanut. Sali oli melko tyhjä tila. Jollain tavalla se oli surullinen tila, liian hiljainen. Se kaipasi täyttyä ihmisistä ja musiikista.

Valmiina nyt, katsoin kirjekuorta. Nostin sen ja revin sen auki. Sisällä oli kaksi lentolippukuponkia Pariisiin, hotellivaraukset, luottokortti, käteistä ja käsin kirjoitettu viesti:

Onnittelut Christina &

Tervetuloa Goddess Creator Fashion Teamiin!

Tiesin, että pystyt siihen!

Sharon Lindt

Presidentti ja toimitusjohtaja

Goddess Creator Fashions.

Kaaduin takaisin catwalkille, katsoin kattoon ja itkin kuin vauva. En voinut uskoa sitä. Minusta, Christina Langdonista, tulisi Goddess Creator Fashionin malli.

Rauhoitettuani itseni soitin Brandonin numeroon. Nyyhkytin sijaintini ja pyysin häntä tulemaan hakemaan minut. Hän lupasi tulla hakemaan. Minä odotin. Olin niin ylpeä itsestäni. En malttanut odottaa, että voisin kertoa hänelle uutiseni.

"Babe, Babe", Brandon huokaili tullessaan huoneeseen. Hänen kannoillaan seurasi vartija, joka oli punaposkinen ja hyvin vihainen. En ollut ajatellut vartijaa. En ollut tullut ajatelleeksi, että pyyntöni aiheuttaisi kohtauksen. Sillä välin Brandon ryntäsi minua kohti.

Minua, meikkini valuen poskilleni. Näytin siltä kuin olisin menettänyt roolin - en voittanut sitä. Hänellä oli tikun väärä pää. Minun oli tehtävä hänelle selväksi, ja nopeasti.

"Ne paskiaiset! Ne täydelliset ja täydelliset paskiaiset."

Purskahdin kyyneliin ja aloin sitten kikattaa. "Ei se mitään."

Brandon varmaan luuli, että olin vihdoin menettänyt järkeni, sillä hänen ilmeensä muuttui empatiasta vihaksi. "Missä he ovat?" hän huusi. "Anna minun mennä heidän luokseen, minä, minä..."

"Anteeksi", Jeremy sanoi. "Mitä tämä huutaminen täällä oikein on? Kuulimme teidät käytävälle asti, eikä Madame Levesque ole huvittunut."

Jeremy puhui nopeasti vartijan kanssa ja vahvisti, että hän hoitaisi tilanteen, ja vartija lähti lopulta pois.

Sillä välin tein liikkeen mennäkseni puhumaan Jeremyn kanssa, mutta Brandon oli liian nopea ja työntyi ohitseni. BFF:ni käveli Jeremyn luokse, ja hän teki jotakin.

En voinut uskoa, että hän tekisi niin - hän tökkäisi Jeremyä. Niin, hän tökkäisi häntä suoraan rintaan ja sanoi: "Kuinka kehtaat?".

Jeremy otti askeleen Brandonia kohti ja sanoi: "Kuinka kehtaat!"

Juoksin paikalle ja työnsin itseni heidän väliin. Laitoin vasemman käteni Jeremyn kaulan ympärille ja oikean käteni Brandonin kaulan ympärille ja sanoin: "Meillä taitaa olla pieni väärinkäsitys."

Molemmat pojat tuijottivat toisiaan, ja oli kuin he olisivat nähneet suoraan lävitseni. Mikä on jotain ottaen huomioon kokonsa ja painoni.

"Voisitteko te kaksi lopettaa sen ja antaa minun selittää?"

Kesti hetken, mutta he rauhoittuivat. Päätin, että paras strategiani oli jakaa ja hallita.

”Ensinnäkin, Jeremy…”

”Ja miksi HÄN on ensimmäinen?” Brandon keskeytti molemmat kädet lanteillaan. ”Kuka hän ylipäätään on? Olet tuntenut minut vuosia. Olen loukkaantunut läpikotaisin. Olemme parhaita ystäviä, ja nyt sinä laitat tämän tuntemattoman etusijalle? Minun edelle?”

”Voi veljet”, Jeremy sanoi.

Brandon otti askeleen häntä kohti, hänen kasvonsa punaisina kuin lyönti.

”Ota rauhoittava pilleri”, sanoin.

Hän rauhoittui, ja minä jatkoin puhumista Jeremyn kanssa ja selitin, mikä oli aiheuttanut väärinkäsityksen. Hän nauroi ja katsoi koko ajan Brandonia. Näin sen hänen silmistään, hän ihaili sitä, miten Brandon suojeli minua. Hän hymyili ja pyysi sitten Brandonilta anteeksi. He kättelivät, sopivat antavansa menneiden olla menneitä ja sitten Jeremy poistui huoneesta. Matkalla ulos näin hänen katsovan olkansa yli. Hän tarkkaili täysin Brandonia. Kyllä, se oli vain hetki. Huomasin sen, mutta Brandon oli täysin tietämätön, koska hän oli sataprosenttisesti keskittynyt minuun ja hyvinvointiini.

Tajusin, että Brandon ja Jeremy olisivat todella söpö pari.

Nyt kahdestaan Brandonin kanssa, joka käveli kuin ei olisi huomista, kerroin hänelle, että sain mallintyöpaikan ja lähden pian Pariisiin. Tanssimme ympäri huonetta kädestä pitäen kuin kaksi nuorta lasta. Hän oli niin onnellinen puolestani, ja minä olin niin onnellinen itseni puolesta. Olimme tehneet sen yhdessä. Ilman hänen apuaan sitä ei olisi koskaan tapahtunut. Olimme täysin entistäkin enemmän BFF:t.

Eikö elämä olekin hassua, kun saavuttaa unelman, jota ei edes tiennyt haluavansa? On totta, että tämä oli vasta alkua ja minulla oli paljon työtä tehtävänä ennen kuin minusta tulisi tosielämän malli, mutta ovi oli nyt auki ja minun piti vain tehdä kovasti töitä, ja minulla oli mahdollisuus onnistua.

Menimme ulos juhlimaan, joimme muutaman mojiton liikaa. Kiusasin Brandonia Jeremystä ja kysyin, oliko hän mielestään söpö.

"En edes huomannut kaveria, jolla oli iPad", Brandon sanoi.

"Valehtelija, ja hän oli ihastunut sinuun. Hän tsekkasi sinut ja kaikkea."

"Sinä keksit sen", Brandon sanoi.

"Saa nähdä, mutta teistä kahdesta tulisi oikein söpö pari."

Saavuttuamme kotiin melko myöhään Brandon kaatui huoneeni lattialle yöksi. Aamulla kerroin äidilleni ja veljelleni hyvät uutiset. Äiti hyppäsi ilmaan ja huudahti. Me neljä pidimme kädestä kiinni ja tanssimme ympyrää. Kaikki olivat niin onnellisia; tanssimme ympäriinsä kuin humalaiset meksikolaiset hyppivät pavut ja meillä oli mitä ihaninta aikaa.

"Mitä aiot viedä Pariisiin?" Brandon kysyi.

"Mitä aiot pukea päällesi Pariisissa?" Äiti kysyi.

"Miten he ymmärtävät sinua?" veljeni kysyi.

"Mitä aiot tehdä työsi suhteen?" he sanoivat yhteen ääneen.

Olin liian krapulassa edes ajatellakseni mitään heidän kysymyksiään, joten menin takaisin sänkyyn ja uneksin Pariisista ja samppanjasta! Kuten Scarlett O'Hara elokuvassa Tuulen viemää, aioin miettiä asiaa aamulla.

KIITOS!

Hyvät lukijat,

Kiitän teitä lukemisesta ja kaikkia niitä, jotka auttoivat minua tekemään kirjastani paremman, mukaan lukien kustannustoimittaja(t), oikolukija(t) ja betalukija(t).

Kuten aina, hyvää lukemista!

Cathy

KIRJOITTAJASTA

Moninkertaisesti palkittu kirjailija Cathy McGough asuu ja kirjoittaa Kanadan Ontariossa, miehensä, poikansa, kissansa ja koiransa kanssa.

FICTION
Jokaisen lapsi
Ribby's Salaisuus
13 LYHYET TARINAT sisältää mm: Sateenvarjo ja tuuli;
Margaretin ilmestys; Dandelion Viini (LUKIJOIDEN
SUOSIKKIKIRJAPALKINNON FINALISTI); Darryl ja minä;
Kirkkain tähti; Kuoleman toivomus.
NON-FICTION
103 FUNDRAISING IDEAS FOR PARENT VOLUNTEER WITH
SCHOOLS AND TEAMS (3RD PLACE BEST REFERENCE 2016
METAMORPH PUBLISHING)
+ Lasten- ja nuortenkirjat